Mariage avec un patron

MAYA BLAKE

Mariage avec un patron

Traduction française de
MARIE BACHÉ

AZUR

HARLEQUIN

Collection : Azur

Titre original :
THE GREEK'S HIDDEN VOWS

HARPERCOLLINS FRANCE
83-85, boulevard Vincent-Auriol, 75646 PARIS CEDEX 13
Service Lectrices — Tél. : 01 45 82 47 47 - www.harlequin.fr
ISBN 978-2-2804-6781-0 — ISSN 0993-4448

Composé et édité par HarperCollins France.
Imprimé en avril 2022 par CPI Black Print (Barcelone)
en utilisant 100% d'électricité renouvelable.
Dépôt légal : mai 2022.

FSC www.fsc.org MIXTE Papier issu de sources responsables FSC® C159065

Pour limiter l'empreinte environnementale de ses livres, HarperCollins France s'engage à n'utiliser que du papier fabriqué à partir de bois provenant de forêts gérées durablement et de manière responsable.

1.

Surprendre une conversation dont vous êtes le sujet principal n'est jamais agréable.

Figé au milieu d'une des deux salles de conférences adjacentes, Christos Drakakis soupira, exaspéré. Les lieux étaient déserts lorsqu'il était entré, cinq minutes avant, pour tenter d'apaiser sa colère.

— Je pense que nous pouvons affirmer que nous sommes passés en état d'alerte, résonna une voix dans la salle voisine.

— Je m'attendais à des retombées nucléaires, jusqu'à ce que je voie son visage. J'ai alors compris que nous étions bien au-delà. Apparemment, il n'avait pas perdu d'affaire depuis trois ans. Je n'étais pas là à l'époque mais je sais que plusieurs têtes ont roulé à cette occasion.

L'appréhension était palpable chez Gary Willis, l'un des associés de Christos. Et pour cause : si la plupart des avocats admettent un certain pourcentage d'échec dans l'exercice de leur profession, si les spécialistes du divorce savent qu'ils doivent parfois s'attendre à faire des compromis, ce n'était pas le cas de Christos.

Il ne prenait jamais une affaire sans avoir analysé au préalable les moyens d'atteindre ses objectifs. Sa première défaite l'avait suffisamment secoué pour qu'il jure de ne plus jamais quitter sa cible des yeux. La deuxième fois, c'était parce que son client était un menteur pathologique, incapable de dire la vérité, même pour sauver sa propre procédure de divorce.

Le fiasco d'aujourd'hui lui avait tout simplement… échappé.

Il avait envisagé l'ensemble des scénarios, étudié chaque information et vérifié trois fois les points faibles de la partie adverse. Tout aurait dû se passer comme prévu. Et pourtant il se tenait là, incrédule. La leçon était destinée à son client et ami Kyrios, mais c'est lui, Christos, qui subissait de plein fouet les conséquences de ce troisième échec en cinq ans.

— Êtes-vous certain qu'il n'y ait que cette affaire qui perturbe le patron ? Nous avons commencé à travailler dessus il y a trois semaines seulement. Or voilà maintenant deux mois qu'il s'est transformé en boule de nerfs.

Christos ne put retenir un rictus cynique. Il était comme ça depuis l'incident. Et les demandes de plus en plus pressantes de son grand-père n'avaient rien arrangé.

— Est-il arrivé quelque chose ? demanda Ben Smith, un autre associé.

— Aucune idée, répondit Willis.

Oui, un événement était survenu. Un instant de faiblesse avec son assistante qui restait ancré dans son esprit sans qu'il parvienne à s'en débarrasser.

Tout avait commencé par un dîner tardif avec elle en compagnie d'un couple marié qui avait choisi de divorcer à l'amiable, suivi de quelques verres dans son club privé. Jusque-là, rien d'anormal.

Et pourtant, en fin de soirée, une limite fondamentale avait été franchie. Une ligne stricte qu'ils s'étaient promis tous deux de ne jamais dépasser.

Ses mèches de cheveux soyeux glissant entre ses doigts…

Ses lèvres pleines pressées contre les siennes…

Les courbes douces de son corps…

Ses gémissements…

Un désir soudain enflamma Christos et il serra les dents pour bannir ces images qui réduisaient à néant sa faculté de concentration. Hélas, les dieux n'étaient pas de son côté aujourd'hui, car à ce moment précis, le nom de celle qui occupait toutes ses pensées fit irruption dans la conversation.

— Alexis Sutton est une sainte pour réussir à le supporter. Je ne l'ai jamais vue se départir de son calme olympien face à lui.

Sauf lors de cette soirée, deux mois auparavant. Son assistante, d'ordinaire irréprochable, s'était alors montrée sous un autre jour. Elle avait été si excitante que ce souvenir hantait l'imagination de Christos, jusqu'à le rendre fou.

Un problème qu'Alexis ne semblait pas partager. D'un côté, Christos était soulagé que leur accord soit maintenu et qu'un tel épisode ne puisse se reproduire, d'un autre il s'agaçait de ne pouvoir passer à autre chose. Il gardait sur la langue le goût d'Alexis. La texture douce et soyeuse de sa peau faisait trembler ses doigts de désir dès que la jeune femme était à proximité.

Cette façon qu'elle avait eu de crier son nom lorsqu'il l'avait plaquée contre son canapé lui revenait en mémoire quand il s'y attendait le moins.

Christos en était persuadé : cette incapacité déconcertante à oublier ces brèves minutes était la cause de son malaise. Mais hors de question d'admettre que c'était la raison pour laquelle il avait perdu cette affaire.

Non, la faute revenait en partie à son grand-père et aux exigences de plus en plus déraisonnables du vieil homme depuis deux ans.

— Pour plus de sécurité, j'ai appelé ma femme et je l'ai prévenue de ne pas m'attendre avant le milieu de la nuit.

Les paroles de Willis interrompirent le cours de ses pensées et ramenèrent Christos à la réalité.

— Arrête, c'est ridicule ! La tempête attendra bien demain matin. J'ai rendez-vous avec une stagiaire sexy pour boire un verre dans le nouveau bar branché du coin de la rue. Pas question que j'annule.

Assez. D'un coup sec, Christos ouvrit la porte et fit irruption dans la salle de conférences voisine. Il jeta un regard impassible à ses associés dont les visages blêmirent aussitôt.

— Willis, veuillez adresser mes excuses à votre femme, assorties d'un grand bouquet de fleurs à nos frais car elle ne vous verra pas avant le milieu de la *semaine* prochaine.

Il se tourna ensuite vers l'autre homme qui tremblait comme une feuille sur sa chaise.

— Smith, c'est pareil pour vous. Je vous laisse libre de vous expliquer comme il vous plaira auprès de votre amie. J'attends de vous deux d'ici demain matin un rapport préliminaire, expliquant comment cette affaire apparemment infaillible il y a encore quarante-huit heures a fini par nous exploser au visage. Je veux comprendre par quel mystère l'existence d'un enfant illégitime a pu nous échapper. C'est clair ?

Ses deux collaborateurs hochèrent vivement la tête.

— Bien sûr, monsieur, répondit Smith.

— Nous nous y mettons sur-le-champ, monsieur Drakakis, ajouta Willis en resserrant le nœud de sa cravate.

Christos leur tourna le dos pour quitter la pièce, sans prêter attention à son téléphone qui sonnait dans sa poche. Il était accoutumé aux murmures d'appréhension et aux regards furtifs que lui lançaient ses employés quand il passait dans le couloir. Avec la nouvelle de son récent échec, plus personne n'oserait même le saluer.

De l'avis de tous, Christos Drakakis était aussi dur que la roche qui composait l'île que son grand-père s'obstinait à tenir hors de sa portée. Il ne reniait pas cette réputation. N'était-ce pas à cette rudesse qu'il devait d'avoir gravi un à un les échelons du droit matrimonial jusqu'à devenir associé à vingt-six ans ? Peu après, n'avait-il pas créé l'un des cabinets d'avocats les plus prospères du monde ?

L'idée de perdre son sang-froid sous prétexte qu'il avait été à deux doigts de coucher avec son assistante – un incident d'apparence si mineure – lui restait en travers de la gorge.

Les portes de l'ascenseur s'ouvrirent. Au moment d'appuyer sur le bouton de l'étage où se trouvaient ses bureaux, il changea d'avis et opta pour celui de son appartement. Ce n'est qu'à ce moment qu'il sortit son téléphone. Pas pour répondre aux messages frénétiques que lui envoyait son client. Il verrait cela plus tard, une fois qu'il aurait compris précisément l'origine de ce fiasco.

Au lieu de cela, il envoya un texto court et précis à son assistante de direction. La femme qui prenait tant de place dans son esprit.

La réponse d'Alexis fut tout aussi brève. Et comme prévu, elle se présenta à la porte de son penthouse cinq minutes plus tard.

— Un expresso bien serré ou deux doigts de Macallan ? interrogea-t-elle en brandissant deux verres devant lui.

— Si je veux quelque chose, je me servirai moi-même, répondit Christos. Avez-vous apporté la liste que je vous ai demandée ?

La colère dans sa voix ne faisait aucun doute mais Alexis demeura imperturbable. Son sang-froid était la raison pour laquelle elle était restée si longtemps à son poste. C'est aussi pour cela qu'il lui avait fait cette proposition, un an auparavant, quand les subtiles allusions de son grand-père s'étaient transformées en menaces.

« Je ne serai pas toujours là, Christos… » « Prouve-moi que tu es bien l'héritier de Drakonisos ou je prendrai d'autres dispositions… »

Costas Drakakis lui avait forcé la main, et Christos avait élaboré un plan qui s'était déroulé sans heurts les dix premiers mois.

Jusqu'à ce qu'un dîner inhabituellement agréable avec des clients et un dernier verre avec son assistante aient raison de ses inhibitions, faisant tomber cette barrière professionnelle qu'il s'était juré ne jamais franchir.

— Je l'ai avec moi, répondit Alexis de cette voix nuancée, parfois cristalline, d'autres fois tranchante, toujours intelligente.

Et ce timbre légèrement rauque qui déclenchait chez lui un besoin urgent de l'entendre gémir son nom. Une fois encore.

— Je continue de penser que vous devriez boire un verre, insista la jeune femme. Vous n'avez pas eu votre dose de caféine depuis ce matin et un whisky vous ferait du bien.

Christos fronça les sourcils. Son assistante était à la limite de l'insubordination.

— À qui pensez-vous vous adresser ?

Alexis plongea son regard dans le sien. Les yeux bruns de la jeune femme étaient traversés de fils d'or qui semblaient lancer des éclairs de feu. Elle ne répondit pas immédiatement, laissant à Christos le loisir de contempler la masse soyeuse de ses cheveux châtains, le brillant de son baume à lèvres et le pouls qui battait doucement le long de son cou.

— Je parle au grand Christos Drakakis, la fine fleur du barreau. L'homme qui fait trembler les juges et les avocats les plus téméraires !

— Alors vous savez sans doute que je ne suis pas d'humeur à plaisanter.

— Oui. Vous cherchez un coupable pour ce qui vient de se produire, d'où votre demande au sujet de cette liste. Pour le reste, avez-vous fait votre choix ?

Elle leva la tasse de café et le verre de whisky vers Christos jusqu'à ce que l'odeur des grains torréfiés et du vieux malt parvienne à ses narines.

— L'un commence à refroidir et dans l'autre, les glaçons sont en train de fondre…

Le petit numéro d'Alexis l'agaçait et l'amusait à la fois.

— Je ne veux ni l'un ni l'autre. La liste, je vous prie.

Elle baissa les bras et lui lança un regard résigné.

— Je l'ai envoyée sur votre téléphone avant de monter. J'ai également plusieurs dossiers en attente pour vous en bas. Dites-moi simplement sur lesquels vous souhaitez travailler et je les mettrai à votre disposition.

Sur ces mots, elle pivota sur ses stilettos et s'éloigna, ondulant dans sa jupe crayon bleu marine d'une manière qui avait longtemps semblé à Christos très éloignée de la froideur qu'elle affichait en permanence. Jusqu'à ce qu'il ait un aperçu du feu qui couvait sous cette apparence glaciale.

Elle était passée maître dans l'art de s'esquiver avant qu'il n'en ait fini avec elle. De plus en plus au cours des dernières semaines. Aujourd'hui, c'était particulièrement exaspérant.

— Alexis !

L'avertissement dans sa voix ne faisant aucun doute, la jeune femme s'immobilisa quelques secondes, puis poursuivit son chemin en direction de la table basse qui trônait au milieu de la pièce. Il attendit qu'elle l'atteigne et qu'elle se penche pour y déposer le whisky et le café.

— Stop !

Elle se redressa, tenant toujours les boissons dans les mains. Leurs regards se croisèrent. Fixement. Jusqu'à ce que Christos distingue dans ses yeux une petite lueur d'appréhension qui lui fit étrangement plaisir. Il prit son temps pour s'approcher d'elle en se rappelant la conversation téléphonique qu'il avait eue avec son grand-père la nuit précédente.

« Ton cousin est maintenant dans la course… »

— Je vais vous le dire franchement, lança Alexis d'une voix qui trancha net le cours de ses pensées moroses. Si vous étiez n'importe quel autre homme, je me serais dit que vous êtes venu ici pour vous lamenter sur votre défaite. Mais vous n'êtes pas n'importe qui. Vous êtes Christos Drakakis.

— Vous avez raison. Et vous savez aussi à quel point je déteste les flagorneurs.

Il la rejoignit à temps pour voir ses lèvres se pincer l'espace d'une seconde, avant qu'elle ne chasse à son tour la preuve de son agacement.

Sans la quitter des yeux, il lui prit des mains la minuscule tasse en porcelaine de Chine et avala le breuvage chaud d'un trait. Il répéta ensuite le processus avec le liquide ambré tourbillonnant dans le verre en cristal taillé.

Le coup de fouet de la caféine suivi du shot d'alcool fort jeta un voile sur ses sens. Il ouvrit sa veste et desserra le nœud de sa cravate qu'il ôta d'un geste avant de la lancer sur le canapé.

Son regard toujours fixé sur Alexis, il déboutonna le haut de sa chemise, savourant sans la moindre gêne la réaction qui se peignait sur le visage de la jeune femme. Il devinait qu'en dépit du mur de briques qu'elle avait érigé entre eux après cette nuit passée dans son appartement, elle n'était pas immunisée contre son charme. Égoïstement, et parce que sa journée s'était transformée en enfer, Christos se délectait de l'accélération de son souffle et de sa tentative de s'écarter de lui, sous prétexte de redresser un ouvrage d'architecture médiévale posé sur la table.

Elle avait eu la même attitude, peu après avoir accepté le poste d'assistante de direction. Il avait alors redouté qu'elle agisse comme ses trois collègues précédentes. Ces femmes, en apparence très professionnelles et efficaces lui avaient toutes fait comprendre à un moment qu'elles espéraient autre chose qu'une simple relation patron-assistante.

Cela ne s'était jamais produit avec Alexis. Pourtant, tout en reconnaissant que la jeune femme était de loin la plus compétente, anticipant ses besoins et les exécutant parfois avant même qu'il n'apprenne leur existence, il s'était longtemps méfié d'elle. Christos n'était pas homme à se laisser berner par les apparences. Les événements douloureux de son enfance avaient érodé sa confiance.

Il perçut le regard de la jeune femme s'attarder quelques instants sur son cou et son torse avant de se détourner vivement. Mais les lèvres qu'elle pinçait il y a quelques minutes encore étaient maintenant pleines, s'entrouvrant à mesure que son souffle s'accélérait.

— J'ai bu le café et le whisky, murmura-t-il.

Au fond, Christos avait compris qu'il avait besoin des deux boissons dès qu'il avait vu Alexis les brandir devant lui. Et effectivement, leur effet déstressant commençait à agir.

— À présent, êtes-vous prête à faire ce que je vous demande ?

Elle glissa sans y penser le bout de sa langue rose sur sa lèvre inférieure.

Un désir aussi soudain que violent s'empara de lui. Pourquoi les réactions de cette jeune femme l'excitaient-elles autant ?

— Si vous souhaitez que je vous mette en lien avec Demitri, la réponse est oui, répondit-elle. Le pauvre homme est devenu fou depuis l'annonce du verdict. Je lui ai promis que vous le rappelleriez dans l'heure.

Christos se rappela avec amertume qu'au-delà de ces murs et de la tension brûlante qui régnait entre eux, un désastre attendait d'être éclairci. Mais il n'avait jamais reculé face à un défi. Non pas que Demitri Kyrios en soit un, bien qu'il lui ait caché des informations cruciales.

— Disons, dans cinq minutes ? poursuivit Alexis en reculant de quelques pas.

Elle était sur le seuil de la porte, vêtue à nouveau de son armure impassible.

— Trois, trancha-t-il.

Assez tergiversé. Il reboutonna sa chemise, renoua sa cravate et envoya balader dans un coin obscur de son esprit ce qui lui restait de frustration.

— Assurez-vous que j'aie la transcription complète du procès sur mon bureau dès cet après-midi.

Elle lui jeta un regard par-dessus son épaule.

— C'est la première chose que j'ai faite à l'annonce du verdict.

Il ne put retenir un sourire.

— Attention, Alexis. Je vais bientôt croire que vous êtes prête à répondre à tous mes besoins, lança-t-il d'un air provocant.

— Je suis ici pour vous assister dans vos besoins professionnels uniquement. Si cela ne vous convient pas, peut-être devrais-je chercher un autre employeur ? Je suis sûre de trouver quelqu'un qui appréciera mon dévouement.

— Serait-ce une menace ?

L'avertissement n'était pas à prendre à la légère. Un mois

auparavant, Christos était tombé sur le courriel d'une agence de chasseurs de têtes qui proposait à la jeune femme un salaire et des avantages impressionnants dans un autre cabinet. Il n'était pas certain qu'Alexis ait délibérément laissé ce mail sur sa boîte pour qu'il le trouve mais cette nouvelle l'avait suffisamment agacé pour qu'il demande discrètement à son DRH de réévaluer le salaire de son assistante à hauteur de 30 %.

L'idée qu'elle puisse encore choisir de le quitter l'irritait chaque jour qui passait. Mais il ne pouvait rien y faire dans la mesure où Alexis l'aidait à sécuriser Drakonisos, la seule chose qui comptait réellement dans sa vie.

— En aucun cas, monsieur. Je voulais simplement vous rappeler que nous disposons tous deux de diverses options.

— Monsieur ?

— C'est la formule correcte pour m'adresser à vous. Je ne vois pas ce qu'il y a à y redire.

Elle ne l'avait pas appelé ainsi depuis leur premier entretien et alors, ce mot échappé de ses lèvres l'avait tellement excité qu'il avait exigé qu'elle ne l'utilise plus jamais.

Il s'approcha de la porte et la tint ouverte devant elle pour la laisser passer.

— Vous n'irez nulle part. Je ne suis pas prêt à me passer de vos services. Pas tout de suite en tout cas.

Elle lui lança un regard indéchiffrable avant d'incliner sobrement la tête.

— C'est une bonne nouvelle, répondit-elle tandis qu'ils s'engageaient dans le couloir en direction de l'ascenseur. En plus, votre cuisinier a envoyé le menu des prochaines semaines. Je ne voudrais pour rien au monde être privée de ses délices.

— Je suis sûr qu'il sera ravi d'apprendre qu'il est la seule raison pour laquelle vous restez à mon service, lança-t-il en appuyant un peu trop fort sur le bouton de l'ascenseur.

Christos refusait d'admettre que c'était la présence d'Alexis qui avait calmé sa fureur et pourtant, au fond de lui, il savait que c'était le cas.

— J'ai beau tenter de résister à sa cuisine, je me fais avoir à chaque fois. J'ai même dû passer à trois séances de gym par semaine pour contrebalancer l'excès de calories.

— Est-ce la raison pour laquelle vous n'êtes pas à votre bureau entre 6 et 7 heures du matin, ces derniers temps ?

Elle se pencha pour actionner la fermeture des portes et garda les yeux fixés sur l'écran lumineux sur lequel défilaient les numéros des étages.

— Oui. Je ne pensais pas que vous l'aviez remarqué.

Christos laissa son regard dériver le long du profil d'Alexis et de son corps sculpté jusqu'à ses jambes fines perchées sur des talons hauts.

— Non seulement j'ai noté vos absences mais aussi le fait que rien ne justifie cet effort.

Leurs regards se croisèrent et il sentit, une fraction de seconde, une connexion entre eux, avant qu'elle ne la chasse d'un froncement de sourcil.

— Vous faites bien du tapis de course tous les soirs… Est-ce que je vous demande si ces efforts sont justifiés ?

— Touché ! admit-il en souriant.

Il surprit le regard de la jeune femme s'attarder sur sa bouche tandis qu'elle esquissait à son tour un sourire.

Puis les portes de l'ascenseur s'ouvrirent et Christos réintégra son domaine. Ce royaume qu'il avait érigé, brique par brique, avec un objectif simple et précis : s'assurer que les personnes telles que son père n'aient jamais une autre chance de perpétrer leurs méfaits méprisables sur des victimes sans défense comme lui et sa mère. Et lorsque ses clients venaient à lui en ayant déjà subi l'emprise d'un tel traitement, il s'appuyait sur le droit pour faire payer les auteurs de ces actes aussi cher que possible.

Mais avant de s'attaquer à son récent échec, il devait d'abord sauvegarder ce lopin de terre en mer Égée qui avait été sa raison de vivre et son salut quand il était enfant. C'était là qu'avaient été semées les graines de l'homme qu'il était aujourd'hui. Le seul lieu où il avait eu le sentiment d'être accepté. Pouvait-on parler d'amour ? Il rejeta la question. S'il n'était pas enclin à sonder les émotions liées à son besoin de posséder Drakonisos, pas question non plus de laisser son grand-père céder l'île à son cousin.

Pour ce faire, il lui fallait revoir son accord secret avec son assistante. Un accord qui avait menacé plus d'une fois son équilibre mental.

— Alexis ?

Le trouble qu'elle décela dans la voix de Christos l'incita sans doute à ralentir le pas.

— Oui ? Désiriez-vous autre chose ? murmura-t-elle alors qu'il hésitait à formuler sa demande.

— Il est temps de reprendre… votre autre rôle.

Christos fut pris au dépourvu face à la pâleur qui gagna soudain les traits de la jeune femme. Il aurait souhaité une réaction moins négative.

— Mais… nous ne sommes qu'en juin, bredouilla-t-elle. Nous n'étions pas censés aller en Grèce avant deux mois.

Sa voix tremblante, inégale, trahissait ses pensées. Comme lui, elle préférait sans doute garder ce sujet enfoui dans son esprit, ne l'invoquant que lorsque cela était strictement nécessaire.

Cette fois encore, alors que la réaction d'Alexis aurait dû le laisser de marbre – après tout, il ne s'agissait ni plus ni moins d'une transaction de plus – il ressentit de la déception.

— Il y a eu du changement concernant mon grand-père.

Les yeux d'Alexis s'agrandirent, accentuant la tension qui s'était installée entre eux. Il s'approcha jusqu'à être en mesure d'entendre les battements frénétiques de son cœur et de sentir l'air qui s'échappait de ses lèvres entrouvertes.

— Cela signifie qu'il est temps pour vous de redevenir ma femme, Alexis.

2.

Oui, Alexis était mariée à son patron, comme en témoignait le petit document soigneusement plié et enfoui au fond de son tiroir à lingerie : elle était Mme Alexis Drakakis, épouse de Christos Drakakis, énigmatique multimillionnaire, avocat de renommée internationale et héritier présumé de l'empire d'un milliard d'euros de son grand-père.

Un document sur lequel elle n'avait pas reposé les yeux, depuis ce jour où elle l'avait tenu dans sa main, se demandant si elle avait pris la bonne décision en acceptant cette proposition rocambolesque.

Un accord de trois ans avait été conclu dont elle pensait pouvoir contrôler tous les aspects avec la même efficacité froide et imperturbable qu'elle affichait au bureau.

Cela avait fonctionné pendant un temps. Au début, elle arrivait à oublier, au moins pendant quelques heures, ses liens conjugaux avec l'homme redoutable qui dirigeait son cabinet d'avocats international d'une main de fer. Elle ne pensait plus au fait que, sous le contrat de mariage, se trouvait un écrin contenant un solitaire de cinq carats serti de platine, ainsi qu'une alliance assortie, que Christos lui avait présentés sans émotion apparente, dans le bureau de l'état civil un an auparavant.

Le contrat stipulait qu'elle n'aurait besoin des bagues que pour des périodes de quinze jours, deux fois par an, lorsqu'ils rendraient visite en Grèce à Costas Drakakis, le grand-père vieillissant et reclus dont les exigences envers son petit-fils avaient contraint Christos à lui faire cette proposition.

Tout avait semblé si clair à l'époque, hormis ces quelques secondes où elle avait éprouvé un désir aussi puissant que terrifiant de rester dans la sphère intime et enivrante de cet homme fascinant. D'être autre chose qu'un élément clé, bien qu'infime, de sa vie professionnelle.

À ce moment-là, elle s'est sentie… nécessaire, et non plus un objet indésirable à abandonner comme sa mère l'avait fait quelques heures seulement après lui avoir donné naissance.

Au fond, n'était-ce pas cela qui l'avait poussée à accepter cette proposition si inhabituelle ? Cela, ainsi que la décision douloureuse mais nécessaire qu'elle avait dû prendre après son unique relation dévastatrice.

Elle pouvait se passer d'amour mais cette soif irrépressible d'être désirée, nécessaire, amarrée à quelque chose de stable et de solide ne l'avait jamais quittée.

Bien sûr, il lui arrivait encore au plus profond de la nuit de se retourner dans son lit, stupéfaite de ce qu'elle avait accepté mais, au petit matin, la raison reprenait le dessus.

— Alexis, avez-vous entendu ce que je viens de vous dire ? demanda Christos d'une voix grave et ferme.

Comme si elle pouvait l'ignorer. Comme si elle ne passait pas chaque seconde de la journée à contrôler les émotions que cet homme, son visage, sa voix et son mètre quatre-vingt-dix faisaient naître au plus profond d'elle.

Elle avait réussi. En grande partie. Jusqu'à cette nuit, deux mois auparavant, quand tout avait basculé. Depuis, rien n'était vraiment revenu dans l'ordre.

— Oui, j'ai bien entendu, murmura-t-elle. J'attends toujours que vous m'expliquiez la raison de ce changement de programme.

Elle perçut une flamme brûlante dans le regard de Christos. Comme une mise en garde. Cette expression insondable qu'il savait si bien afficher la rendait audacieuse et gardait ses sens en alerte. C'est sûr, il n'y avait pas de quoi s'ennuyer par ici. D'ailleurs, à trente-trois ans et en tant qu'associé directeur d'un cabinet d'avocats international, Christos Drakakis était tout sauf *ennuyeux*.

De la pointe de ses cheveux sombres jusqu'aux talons de ses chaussures italiennes de marque, il possédait une énergie débordante qui envoûtait ceux qui l'approchaient. Avec son regard gris acier et cette bouche dure mais sensuelle, il pouvait en un mot anéantir l'adversaire le plus redoutable sans que jamais sa voix profonde de baryton n'ait besoin de s'élever.

Sa manière impitoyable de conclure un accord et sa démarche de prédateur tranquille quand il venait plaider à la barre lui valait un culte parmi les avocats et le personnel.

Chez Alexis, la présence de Christos se traduisait par une légère crainte mêlée à un trouble profond. Elle tenta de contrôler les battements de son cœur par des respirations lentes et profondes tandis qu'il la fixait en silence.

— Je n'ai pas tous les détails. Je sais seulement que ma présence est requise en Grèce. Ce qui signifie que la vôtre l'est aussi. En tant qu'épouse.

Épouse. Ce seul mot bouleversait tous ses sens.

— Peut-être ne suis-je pas tenue de venir…

— Notre contrat stipule que vous devez m'accompagner chaque fois que je me rends à Drakonisos en échange de votre projet si précieux.

La Maison de l'espoir.

Christos s'était engagé à assurer la sauvegarde de cet orphelinat qui l'avait recueillie bébé si elle acceptait de jouer le rôle de sa femme pour une durée minimale de trois ans. C'est à cet objectif qu'Alexis se raccrochait lors de ses insomnies. Alors, elle était convaincue d'avoir fait le bon choix et de ne pas avoir agi de façon irréfléchie, ce jour où son patron l'avait invitée à prendre un verre dans son bureau en lui avouant qu'il avait besoin d'une épouse pour assurer son héritage.

La Maison de l'espoir avait été le seul repère valable de sa vie chaotique.

C'est un coup de fil avec la directrice désespérée de l'établissement qui avait poussé Alexis à formuler cette demande particulière. Et curieusement, Christos l'avait acceptée sans difficulté. Le fait qu'elle veuille quelque chose de précis en échange de leur accord l'avait peut-être rassuré. Quoi qu'il en soit, elle s'était sentie extrêmement soulagée en sachant que ce lieu continuerait d'accueillir d'autres enfants abandonnés comme elle.

Avec le recul, Alexis se disait qu'elle y avait gagné au change. Qui refuserait de passer des vacances de rêve deux fois par an dans une île paradisiaque au milieu de la mer Égée ? Sauf qu'elle n'était pas préparée à ce que ces deux semaines impliquaient.

Une foule de pensées affluèrent dans son esprit tandis qu'elle regardait Christos. Ils seraient tenus de partager sa suite. Cette fois encore. De se tenir par la main en présence de Costas. Cette fois encore. De se comporter, à toutes fins utiles, comme *mari et femme. Cette fois encore.*

— Faut-il que je vous rappelle les termes de notre accord ? insista-t-il, face à son silence.

— Non mais…

Les choses ont changé, acheva-t-elle en pensée.

Depuis cette nuit dans son penthouse de Mayfair et ces quelques minutes incandescentes passées sur le canapé de son salon. Depuis qu'elle avait été si près de Christos, qu'elle avait goûté à sa chaleur, à la puissance qu'il cachait sous ses costumes de luxe, à la douceur merveilleusement précise de ses doigts caressants.

— Mais ? répéta-t-il d'une voix plus dure.

— Vous devez travailler sur le dossier Kyrios. Ne faut-il pas envisager une nouvelle audience ?

À l'évocation de son récent échec, Christos se raidit.

— L'affaire sera réglée d'ici la fin de la semaine. Je prendrai l'avion pour assister à une audience si nécessaire mais je doute que nous en arrivions là.

Sa voix avait retrouvé cette assurance que tous ses adversaires rêvaient en vain de mettre à mal.

— Et pour le reste de vos dossiers ? demanda-t-elle en connaissant parfaitement la réponse à sa question.

S'il est vrai que peu d'affaires comme celle de Kyrios aboutissaient au tribunal – le nom de Drakakis suffisant généralement à amener ses adversaires à un règlement à l'amiable – rares étaient celles qui requéraient la présence de Christos à Londres. Il pouvait donc diriger son empire de n'importe où. C'est la raison pour laquelle il disposait d'un grand yacht amarré sur la Riviera grecque, ainsi que d'une demi-douzaine de résidences de luxe à travers le monde.

— Pensez-vous que je ne sache plus faire mon travail sous prétexte que j'ai perdu une affaire, Alexis ?

Le ton de sa voix était tranchant comme l'acier.

— Bien sûr que non. Je me disais simplement qu'il serait peut-être sage de reporter notre séjour à Drakonisos de quelques jours.

Il ressemblait à un faucon, prêt à fondre sur sa proie.

— Êtes-vous certaine que rien d'autre ne vous tracasse ?

— Qu'est-ce qui pourrait bien me déranger ? répliqua-t-elle, d'un ton qu'elle espérait désinvolte.

— Peut-être craignez-vous que votre performance d'épouse ne soit pas à la hauteur cette fois-ci ?

Alexis se raidit, touchée par l'attaque à peine voilée.

— Je vous demande pardon ?

— J'ai l'impression que Costas devient un peu sceptique au sujet de notre relation. Il se peut que nous devions rester plus longtemps cette fois-ci, poursuivit-il en haussant les épaules. Je vous suggère simplement de donner à votre rôle un peu plus de... consistance, au cas où mes doutes seraient fondés.

— Je ne m'étais pas aperçue que vous n'étiez pas satisfait

la dernière fois, lança-t-elle, piquée au vif. Et d'ailleurs, c'est peut-être moi qui devrais être déçue…

Sa parade fut accueillie d'un sourire cynique, comme si le grand Christos Drakakis était incapable d'être mauvais acteur en endossant le rôle de faux mari.

Et le pire, c'est qu'il avait raison. Cette façon par exemple qu'il avait eu, lors de leur dernier séjour à Drakonisos, de lui effleurer les doigts de ses lèvres n'avait-elle pas semblé naturelle ? Et la fois où il avait posé sa main au creux de son dos, quand elle avait senti s'enflammer chaque cellule de son corps ? Ou la fausse passion qu'elle avait lue dans son regard quand il lui proposait de lui appliquer de la crème solaire ?

Tout cela sous les yeux attentifs de Costas Drakakis.

Ces gestes parfaitement maîtrisés n'avaient pas *une once de réel.* Pourtant, leur évocation faisait naître une douce chaleur en elle, tout en lui rappelant ce besoin secret qu'elle avait enfoui en elle.

La soirée chez lui n'avait fait que compliquer la donne. Les baisers de Christos cette nuit-là, loin des plages ensoleillées de Drakonisos et du regard perçant de son grand-père, avaient éveillé en elle un désir inouï. Une passion bien plus intense que celle qu'elle avait étouffée après sa relation douloureuse avec Adrian.

Elle se souvenait parfaitement de la douceur de ses lèvres sur ses mamelons, de la sensation de ses doigts entre ses cuisses, qui l'avaient amenée à cet orgasme intense. Depuis, leur relation n'était plus la même.

Le rire grave et cynique de Christos la ramena à la réalité.

— Vous estimez donc que je n'ai pas bien joué mon rôle ? insista-t-il d'un ton amusé.

— Vous évoquez un épisode qui a eu lieu il y a plus de six mois, répondit-elle en haussant les épaules. Je ne me souviens pas de tous les détails.

Elle était consciente de jouer avec le feu en provoquant le tempérament impétueux de cet homme. Elle devait s'arrêter.

Et surtout, ne pas répéter les mêmes erreurs qu'elle avait faites avec Adrian. Bien sûr, contrairement à ce dernier, Christos ne lui avait fait aucune promesse. Mais elle s'était laissé tenter. En dépit des avertissements fermes que lui avaient inculquées les bonnes sœurs de la Maison de l'espoir.

Rien n'est éternel.

Ne t'attache à personne.

Elle avait ignoré ces consignes, à la recherche de ce qu'elle désirait le plus au monde : avoir le sentiment d'appartenir à quelqu'un. Créer le semblant de famille qu'elle n'avait jamais eu.

Au début, Adrian West, son ancien patron, avait brandi cette promesse tel un trésor inestimable mais, peu à peu, il avait détruit la confiance d'Alexis, la manipulant et la rendant vulnérable jusqu'à réduire à néant la vie qu'elle s'était péniblement construite.

C'était la raison pour laquelle elle avait redoublé d'efforts pour se tenir à l'abri des sentiments, en particulier dans sa vie professionnelle.

Ce poste d'assistante chez Christos Drakakis, trois ans auparavant, offrait un cadre idéal. L'aura redoutable et la distance froide de ce formidable avocat aux yeux d'acier étaient exactement ce qu'il lui fallait après les sourires mielleux et les intentions cruelles d'Adrian.

Elle sentit sa peau frémir sous le regard intense de Christos.

— J'aimerais vous rafraîchir la mémoire, mais ce n'est ni le lieu ni le moment. Je me contenterai de dire que je me souviens d'un certain… manque de naturel dans votre performance la dernière fois. Vous feriez bien de prendre le temps d'y remédier avant notre retour en Grèce.

— Cela ne vous ressemble pas d'attendre six mois pour me reprocher quelque chose, répondit-elle en fronçant les sourcils. J'ai envie de croire que tout cela est pure invention.

— Et pour quelle raison ferais-je cela ?

— Je n'en sais rien. Peut-être cherchez-vous un coupable

pour ce qui s'est produit au tribunal ce matin ? Vous n'aviez pas encore perdu une affaire depuis que je travaille chez vous…

Alexis l'observa en silence tandis que toute trace d'humour s'effaçait du visage de Christos. Elle était soulagée que leur discussion reprenne un cadre plus professionnel, même si le visage assombri de son patron n'avait rien de rassurant.

— Sachez que je ne blâme jamais dans le seul but de soulager ma conscience. Seuls ceux qui m'empêchent d'atteindre mes objectifs font les frais de mon courroux.

L'avertissement la fit frissonner.

— Maintenant, si vous souhaitez que je sois plus précis, Alexis, vous m'avez prouvé que mes soupçons étaient fondés, il y a deux mois, dans mon appartement.

— Nous nous étions mis d'accord pour ne jamais reparler de ça ! s'exclama-t-elle en rougissant violemment.

— Je ne me souviens pas avoir fait une telle promesse.

— Il s'agissait d'une erreur. Pourquoi l'évoquer maintenant ?

Si seulement elle avait été capable d'arrêter d'y penser. Or elle désirait secrètement que la scène se reproduise, encore et encore.

Christos esquissa un sourire, mais son regard demeura glacial.

— Il y a un tel contraste entre la performance médiocre que vous avez fournie l'année dernière quand vous faisiez semblant d'être ma femme et ce que vous êtes réellement.

Son corps tout entier la brûla soudainement.

— Je ne suis pas une actrice, vous le saviez lorsque nous avons mis au point cet accord.

— C'est vrai mais, aujourd'hui, je sais que vous pouvez vous montrer plus convaincante.

— Qu'attendez-vous de moi ?

— Tout simplement que vous vous comportiez comme il y a deux mois.

Elle secoua la tête, le suppliant en pensée d'abandonner

cette idée. Il fallait qu'elle s'en aille. N'avait-elle pas un million de choses à faire ? Et pourtant, elle resta immobile.

— Vous plaisantez ? Je viens de vous dire que c'était une erreur, insista-t-elle d'une voix faible.

— Quoi qu'il en soit, vous avez dévoilé un aspect de vous-même qui fait honte à votre performance précédente. Costas ne sera pas dupe, soyez-en sûre.

Alexis releva le menton d'un air de défi.

— Vous en voulez pour votre argent ? Ne vous inquiétez pas, monsieur, je serai à la hauteur de vos attentes. N'est-ce pas toujours le cas ?

Sa question resta en suspens dans la pièce, alourdissant un peu plus le silence qui s'établissait entre eux.

La sonnerie du téléphone fixe la fit sursauter mais Christos n'y prêta guère attention. Elle savait qu'en l'ayant appelé « monsieur » une fois de plus, elle l'avait énervé. Avait-elle définitivement perdu la raison ?

— Ça l'a été jusqu'à présent. Ne commençons pas par faire attendre les clients importants, n'est-ce pas ? acheva-t-il en l'incitant d'un signe de tête à répondre à l'appel.

Elle se dirigea vers son poste de travail tandis que Christos s'installait dans son fauteuil sans la quitter des yeux.

— Cabinet Drakakis, en quoi puis-je vous être utile ? prononça-t-elle d'une voix claire.

Elle respira lentement alors que le client la pressait de lui passer Christos, puis elle lui tendit le combiné. Celui-ci ne répondit pas immédiatement, se contentant de la fixer avec une intensité désarmante.

— Toute l'équipe travaille tard aujourd'hui, vous y compris. Alors annulez tous les projets que vous pourriez avoir.

Sur ces mots, il se détourna d'elle pour répondre à l'appel, la libérant enfin de son magnétisme puissant. Mais tandis qu'elle s'éloignait pour rejoindre son bureau et se concentrer enfin sur les dossiers et les rapports juridiques qui l'attendaient, Alexis ne put s'empêcher de se demander comment elle avait scellé son destin cette nuit-là, en cédant à la tentation sur le canapé de son patron.

Les jours qui avaient suivi l'incident, elle avait passé chaque seconde à se demander comment ils pourraient continuer à travailler ensemble.

La mésaventure était d'autant plus inexcusable qu'Alexis s'était juré de ne jamais se laisser aller après cet instant qui lui avait coupé le souffle, la première fois qu'elle avait posé les yeux sur Christos. Quand elle était entrée dans la salle de réunion pour leur premier entretien, Christos Drakakis s'était levé et son regard calme de prédateur avait mis un terme à toutes les idées préconçues qu'elle avait pu avoir auparavant. À cet instant, elle s'était demandé si la meilleure chose à faire ne serait pas de fuir sur-le-champ, avant de retomber dans les griffes d'un nouveau bourreau des cœurs.

Dieu merci, elle avait recouvré la raison, épaulée par sa meilleure amie, Sophie, qui s'était mise en quête de tout ce qu'il y avait à savoir sur ce nouveau patron potentiel afin qu'elle ne reproduise pas les mêmes erreurs qu'avec Adrian. C'est ainsi qu'Alexis avait eu vent des histoires survenues avec les précédentes assistantes de Christos.

Durant les trois années qui avaient suivi, Alexis avait fait preuve d'un professionnalisme total. Elle était parvenue à une maîtrise complète de ses émotions, même lorsque Christos se penchait sur son bureau, les mains de part et d'autre de son ordinateur, exposant les muscles puissants de ses avant-bras et son visage tanné par le soleil tout en l'interrogeant de sa voix grave et profonde empreinte d'un léger accent grec. Elle avait résisté aux effluves musqués de son après-rasage qui lui donnaient envie d'enfouir son visage dans le cou de cet homme et de s'enivrer du parfum de sa peau virile.

Elle avait dû faire tout cela car, en dépit d'un calme apparent, les blessures enfouies de son histoire passée avec

Adrian étaient toujours à vif. Ce besoin de marquer une rupture définitive avec ce qui avait été la plus grande erreur de sa vie l'avait aidée à surmonter la tentation.

Avec succès. Le plus souvent.

Hormis dans des moments comme celui qui venait de se produire, lorsque Christos la fixait trop longtemps et qu'elle craignait qu'il voie autre chose en elle que l'assistante impeccable qu'elle s'efforçait de paraître. Chaque fois qu'il détournait le regard, Alexis avait le sentiment d'échapper à un tsunami.

Comme elle aurait aimé que cette impression ne soit que pur fantasme… Ce n'était pas le cas. Plus depuis ce passage d'une vingtaine de minutes dans ce bureau de l'état civil où il avait glissé une alliance à son doigt. Plus depuis le jour où, en tant qu'assistante, elle était malgré elle témoin des relations qu'il entretenait avec les autres femmes. Elle comprenait les émotions qui gagnaient celles-ci lorsque Christos plongeait pour la première fois son regard d'acier au fond de leurs yeux. L'espoir qu'elle y voyait briller quand elles pensaient être celles qui amèneraient ce phobique de l'engagement au mariage de la décennie. Et leur anéantissement lorsque cet espoir était réduit à zéro par le biais d'un bouquet d'adieu assorti d'un bijou coûteux.

C'est Alexis, alors, qui répondait aux appels larmoyants de ces femmes délaissées. Elle qui écoutait patiemment leurs sanglots déchirants et leurs supplications pour qu'elle intervienne en leur faveur.

Un jour, une ancienne amante s'était montrée agressive envers elle, la rendant responsable du manque d'intérêt de Christos à son égard. Alexis avait été stupéfaite lorsque celui-ci lui avait arraché le combiné des mains, informant la malheureuse que si elle menaçait à nouveau son assistante, il la poursuivrait en justice.

Un tel épisode ne s'était jamais reproduit et elle n'avait pas eu le courage de lui demander si ces liaisons éclairs qui semblaient être sa marque de fabrique avaient toujours cours. Après tout, cela ne la regardait pas.

Alexis prit une grande inspiration. Qu'importe si son entourage avait pitié d'elle parce qu'à vingt-six ans sa vie personnelle était inexistante. Elle avait pris la décision de se tenir à l'écart de tout sentiment. Le malheur lié à son abandon, doublé de la trahison d'Adrian n'avaient fait que graver cette résolution dans le marbre.

« Si cela est possible, appelez-la Alexis. »

Ces sept petits mots étaient son seul lien avec la femme qui lui avait donné la vie, cette mère qui n'avait pas voulu d'elle.

Avant que l'angoisse familière ne la prenne en tenaille, elle refoula ce souvenir douloureux. Au même moment, un signal sonore lui indiqua qu'elle venait de recevoir un texto de Christos.

« Demitri doit m'appeler dans une minute. Rejoignez-moi dans mon bureau. »

Elle s'exécuta, et dès qu'elle entra dans la pièce le téléphone se mit en effet à sonner.

Demitri Kyrios. Le client et ami de Christos venait de céder la moitié de sa fortune à sa future ex-femme infidèle qui, de surcroît, avait obtenu la garde complète de leur enfant légitime, pour se venger du fait qu'il lui avait caché l'existence d'un autre enfant, illégitime celui-ci.

— Drakakis, annonça Christos en répondant.

Il écouta Kyrios quelques secondes, mâchoires serrées, avant de prendre à nouveau la parole :

— Non. Je t'avais fait confiance pour ne laisser aucune zone d'ombre dans ton passé, y compris chaque nuit d'ivresse à l'université où la possibilité que tu engendres un enfant était bien réelle.

— Mais je n'en avais aucune idée ! hurla Demitri à l'autre bout du fil. Et comment diable mon ex l'a-t-elle découvert ?

Christos l'écouta, les traits crispés.

— Je vais faire tout ce qui est en mon pouvoir pour que tu récupères la garde de ton enfant, annonça-t-il enfin.

Cette promesse fit vaciller le cœur d'Alexis. Personne ne s'était jamais battu pour elle. Elle avait remarqué que Christos évitait de prendre en charge des affaires où le bien-être d'enfants était en jeu. Au début, elle s'était dit que c'était parce qu'il les aimait beaucoup, voire qu'il espérait secrètement en avoir. Mais elle l'avait entendu confier laconiquement à un client qu'il n'avait aucune intention de se marier ni de fonder une famille.

Quoi qu'il en soit, lorsque Christos traitait une affaire où l'un des parents se montrait défaillant, il s'en prenait impitoyablement à lui. Il était d'autant plus impliqué dans le cas présent que Demitri et lui étaient amis.

— Oui, tu as ma parole, déclara Christos avant de raccrocher le téléphone.

Une volée de jurons grecs s'élevèrent dans les airs.

— Comment avons-nous pu passer à côté de l'existence d'un gamin de quinze ans ? s'écria-t-il en se passant nerveusement la main dans les cheveux.

— D'après le rapport que les enquêteurs ont découvert ce matin, sa mère tenait à garder le secret et à élever seule son fils.

— Et pas une seconde elle n'a pensé que le père de son enfant méritait de le connaître ?

— Elle prétend qu'elle avait de bonnes raisons de lui cacher cette grossesse. Je suppose que nous devons respecter cela.

Il jura à nouveau.

— Eh bien, son secret vient de ruiner mon affaire. Navré si la dernière chose dont j'ai envie est de respecter son souhait.

— Entendu, murmura Alexis en hochant la tête. Sinon, vous souhaitiez que je sois là pour une raison précise ou simplement pour vous écouter vous énerver dans une langue que je ne comprends pas ?

Il la regarda fixement avant de répondre :

— Il me semble que nous nous étions mis d'accord pour que vous ajoutiez l'apprentissage du grec à votre CV, non ?

Alexis soupira en se levant.

— Je prendrai des cours de grec quand j'en aurai fini avec les mille autres choses à faire sur ma liste.

S'attendant à une riposte, elle fut surprise de voir passer sur le visage de Christos un voile de tristesse qui s'évanouit en quelques secondes.

— Où est la transcription de l'audience ? demanda-t-il brusquement.

Elle inclina la tête en direction de la pile de documents rangés sur son bureau. Il les saisit nerveusement et commença à les feuilleter mais elle était prête à parier sur le magnifique bracelet de platine qu'il lui avait offert à Noël dernier qu'il connaissait déjà chaque mot du procès.

Il s'interrompit à la lecture du verdict et elle vit les muscles de sa mâchoire se contracter. Sans quitter la page des yeux, il attrapa son téléphone et pressa la touche cinq de ses numéros abrégés.

Alexis eut une grimace de sympathie à l'égard du pauvre homme qui allait décrocher : le responsable du département d'investigations du cabinet.

— Monsieur Cruz, avez-vous les noms que je vous ai demandés ?

Christos écouta pendant un moment avant de reprendre :

— La réponse est non. Vos excuses sont refusées. Le laisser-aller de votre équipe a coûté à mon client la garde de son fils. Cela fait longtemps que nous travaillons ensemble mais ne vous y trompez pas : si cela se reproduit, vous êtes viré. C'est clair ?

Et tandis que l'enquêteur balbutiait de nouvelles excuses, Christos raccrocha le combiné.

Le téléphone se remit à sonner immédiatement mais il l'ignora et se dirigea vers les baies vitrées. Comme pour s'accorder à l'humeur du moment, la vue sur Londres était particulièrement lugubre en ce début d'après-midi, la Tamise étalant son ruban gris et terne entre les ponts séculaires de la ville.

Le regard d'Alexis passa des fenêtres à l'homme qui se tenait devant. Christos attirait l'attention, même dans une foule de cinq cents personnes. Ses épaules larges étaient mises en valeur pas son costume italien fait sur mesure. De la tête aux pieds, il respirait la puissance brute. Ajoutez à cela un visage d'une beauté à couper le souffle et une intelligence hors norme et vous obtenez un homme d'une complexité redoutable, capable de fasciner tous les êtres humains qu'il rencontre sans même lever le petit doigt.

Elle se souvint qu'Adrian lui aussi était conscient de l'effet qu'il avait sur les femmes. Et sur elle. Il s'en était servi, lui tendant délibérément un piège dans lequel elle était tombée, manquant de détruire irrémédiablement sa carrière. Christos ne le saurait jamais mais l'armure qu'elle avait forgée autour de ses émotions avait renforcé son vœu de ne plus jamais souffrir de la sorte.

Même si, elle le savait, ses fondations avaient tendance à vaciller ces derniers temps.

Comme Christos se tournait vers elle, Alexis sursauta. Il avait compris qu'elle l'observait.

— Allez chercher votre bloc-notes et mettons-nous au travail.

Elle sortit de la pièce, sachant parfaitement qu'il ne la quitterait pas des yeux avant qu'elle ait franchi la porte. Alors qu'elle reprenait ses esprits de retour à son bureau, elle se dit que ce qui s'était passé dans l'appartement de Christos ne devait jamais se reproduire.

Elle jouerait le rôle de l'épouse parfaite devant le grand-père mais, plus un seul instant, elle ne baisserait la garde. Elle ne serait pas déçue une seconde fois. Son cœur, comme son âme, ne le supporterait pas.

3.

Ils travaillèrent tard dans la nuit. Lorsque le dernier avocat sortit, épuisé, de la salle de conférences, il était presque minuit.

Alexis réprima un bâillement et résista à l'envie de poser la tête sur le bureau pour dormir. À l'inverse, Christos semblait en pleine forme.

— Je vais aller retranscrire les notes, dit-elle en se levant pour rassembler ses dossiers.

Il s'approcha d'elle.

— Cela pourra attendre demain matin.

Alexis leva rapidement les yeux vers lui.

— Ça ne me prendra qu'une demi-heure. En plus, vous avez l'air si…

Elle hésita. Était-ce vraiment une bonne idée de formuler cette observation ?

— De quoi ai-je l'air ? insista-t-il.

Avait-il la voix rauque parce qu'il avait passé la journée à aboyer sur ses associés ou s'agissait-il de quelque chose de plus… sensuel ? Animal ?

Cette idée fit naître en elle des petits picotements.

— Tout simplement l'inverse de ce à quoi ressemblaient vos confrères en quittant la pièce. Quelles que soient les vitamines que vous prenez, ça marche pour vous.

Un sourire naquit au coin de ses lèvres.

— Ce ne sont pas les vitamines qui me font tenir.

— Qu'est-ce donc, alors ? fit-elle, curieuse. Et ne me dites pas que c'est le goût de la victoire. La réponse me semblerait… insuffisante.

La biographie publique de Christos n'évoquait que brièvement une enfance passée dans le sud de la Grèce. Il n'y avait pratiquement aucune mention de ses parents, et Alexis travaillait déjà pour lui depuis deux ans quand elle avait appris que son grand-père était en vie et menait une existence recluse sur une petite île de la mer Égée. Elle avait découvert à la même occasion qu'il s'agissait de Costas Drakakis, l'ancien magnat du transport maritime.

— Disons plutôt que c'est mon aversion pathologique pour l'échec, éluda Christos d'un haussement d'épaules. Mais si vous voulez me complimenter pour mon endurance, je vous en prie.

Elle s'aperçut qu'il regardait ses cheveux. C'est vrai, son chignon était sur le point de se défaire et des mèches s'en échappaient pour tomber sur ses épaules. Quant à son rouge à lèvres, elle n'avait pas eu le temps d'en remettre après leur dîner sur le pouce, quatre heures auparavant.

— Pardonnez-moi, je n'ai l'air de rien, murmura-t-elle. Si vous êtes d'accord, j'attendrai en effet demain matin pour retranscrire ces notes.

— Vous avez été aussi vaillante que moi. Jusqu'à ce que je surprenne votre bâillement, il y a une heure, acheva-t-il d'un ton moqueur. Je ne vous en tiendrai pas rigueur, même si vous êtes en effet quelque peu décoiffée…

Alexis leva la main pour arranger son chignon mais ses doigts rencontrèrent ceux de Christos qui avait devancé son geste.

D'un mouvement lent et précis, il captura l'une de ses mèches pour l'enrouler derrière son oreille. Ses doigts glissèrent ensuite avec une douceur infinie le long de sa joue.

Alexis se figea, partagée entre l'envie de savourer cette caresse envoûtante et celle de s'enfuir.

— Si vous n'avez plus besoin de moi, je vous souhaite une bonne nuit, murmura-t-elle.

— Inutile de rentrer chez vous alors que j'ai besoin que vous soyez à votre poste à 6 heures. Vous devriez prendre la suite exécutive, acheva-t-il en retournant s'asseoir.

Cette vaste chambre était séparée de la propre suite privée de Christos par un couloir en marbre de quatre mètres de long. Cette proposition n'avait rien d'inhabituel. Alexis y passait parfois la nuit lorsqu'ils travaillaient tard le soir.

Or cette fois, c'était… différent. Était-ce lié à la discussion qu'ils avaient eue au sujet de ses performances d'actrice ? Ou au souvenir de ce moment passé avec lui sur un canapé ?

— Je préfère demander à l'un des chauffeurs du cabinet de me raccompagner.

— Ils sont tous occupés à ramener les associés chez eux.

— Je vais appeler un taxi.

— Pour que je passe les deux prochaines heures à me demander si vous avez été victime d'un crime ? Non merci. Je préfère vous savoir dans un appartement confortable, dix étages plus haut. En *sécurité*.

Vraiment ? Alors que la tentation se trouverait à l'autre bout du couloir ?

— Christos…

— Alexis ?

Le ton de sa voix était le même que celui qu'il utilisait pour décimer ses adversaires. L'affrontement dura moins d'une minute car elle capitula.

— C'est d'accord, je reste là, céda-t-elle, furieuse contre elle-même.

Il s'approcha d'elle et attrapa la première pile de dossiers sur le bureau avant de la lui poser dans les bras, puis il se saisit du second tas, plus épais.

— Que faites-vous ? demanda-t-elle, méfiante.

— Je vous aide à aller vous coucher plus vite, répondit-il sans ciller en calant les dossiers contre son torse musclé comme s'ils ne pesaient rien.

Alexis fut sur le point de protester mais renonça. Au fond,

il avait raison, cette journée avait été éprouvante et pleine de surprises.

— Je… Merci.

— Je vous en prie. On y va ? J'ai vraiment besoin d'un dernier verre pour oublier tout ce stress.

Elle acquiesça et le suivit hors de la pièce tandis qu'il marchait d'un pas résolu vers l'ascenseur.

Arrivé à l'étage des bureaux, il déposa les dossiers sur le poste de travail d'Alexis et se dirigea vers le sien. Elle eut à peine cinq minutes pour avertir Sophie par SMS qu'elle passait la nuit dans la suite exécutive, puis pour répondre à l'avalanche de questions de sa colocataire. Christos posa brièvement les yeux sur son téléphone tandis qu'elle tapait le dernier message : « Tout va bien, promis ».

Ils reprirent sans un mot l'ascenseur en direction de leurs suites.

— Bonne nuit, murmura Alexis en posant la main sur la poignée de la double porte qui menait à sa chambre.

— Pas encore. Venez donc prendre un verre avec moi.

Dis-lui non, dis-lui non…

— Vous avez travaillé dur aujourd'hui, insista-t-il en voyant qu'elle hésitait. Vous méritez bien un verre vous aussi, à moins que vous ne craigniez d'être à nouveau désinhibée, acheva-t-il, moqueur.

— Je n'ai aucune inquiétude à ce sujet, affirma-t-elle avec audace tout en sentant un frémissement la parcourir.

La dernière fois, cela l'avait pourtant conduite sur un chemin périlleux. Et elle savait qu'elle n'avait pas besoin d'alcool pour que cet homme enivre ses sens…

Alors qu'Alexis se préparait à opposer un refus définitif, Christos ouvrit brusquement la porte de sa suite et s'y engouffra, la laissant interdite sur le seuil.

Au lieu de tourner les talons comme elle aurait dû le faire, elle fit un pas à l'intérieur et resta immobile. Christos jeta sa veste de costume sur le canapé en velours, puis il replia les manches de sa chemise en regardant par la fenêtre.

Sans tenir compte de sa présence, il se rendit au minibar situé à l'autre bout du vaste salon. Il ôta le bouchon d'une carafe en cristal et versa du cognac dans un verre qu'il garnit de glaçons. Puis il choisit une bouteille bien fraîche de chablis dont il emplit un verre à pied. Les deux boissons à la main, il se rendit ensuite jusqu'au large canapé. Après avoir posé le verre de vin sur la table basse, il s'assit et croisa les jambes. Tout cela sans lui jeter un regard.

Alexis était à la fois agacée par l'insolente désinvolture de cet homme et fascinée par le magnétisme animal qu'il dégageait. Elle le rejoignit et s'installa à l'autre extrémité du canapé. Après quelques secondes de silence, Christos saisit le verre de vin et le lui tendit.

— Êtes-vous toujours aussi arrogant avec les personnes que vous invitez chez vous ? demanda-t-elle sans parvenir à réprimer son irritation.

— Est-ce être arrogant que d'anticiper les désirs de l'autre ? répondit-il en esquissant un sourire.

— Ne prétendez pas me connaître, Christos. Je pourrais bien vous surprendre un de ces jours.

— Choisissez un autre jour, lança-t-il, le visage assombri. J'ai eu ma dose de surprises pour aujourd'hui.

Radoucie, elle accepta le verre avec un remerciement. Il leva le sien pour trinquer avec elle.

— Pour qu'un jour comme celui-ci ne se reproduise jamais !

Elle but une gorgée du vin rafraîchissant et frissonna lorsque Christos se pencha vers elle.

— À qui étaient destinés les textos que vous envoyiez en bas ? demanda-t-il soudain.

— Pardon ?

— Lorsque je suis revenu de mon bureau, vous étiez au milieu de ce qui semblait être un échange… soutenu. Avec qui parliez-vous à cette heure de la nuit ?

— Ma colocataire, Sophie. Quand elle se réveille et que je ne suis pas là, elle s'inquiète.

— Juste votre colocataire ? insista-t-il. Vous étiez célibataire lorsque nous avons conclu notre accord l'année dernière. Est-ce toujours le cas ?

Était-ce la franchise de sa question ou l'insistance de son regard qui la troubla le plus ?

— J'écrivais à Sophie. Elle se comporte parfois avec moi comme une maman poule. Vous devez connaître cela, non ?

— Pardon ?

La tension dans la voix de Christos était perceptible. Pourquoi s'était-elle aventurée sur ce terrain-là ?

— Des proches qui vous donnent l'impression d'avoir commis un péché capital s'ils n'ont pas de vos nouvelles pendant plusieurs jours ?

Elle lut dans son regard de l'amertume mais aussi une certaine perplexité, comme si elle lui décrivait un concept totalement étranger. Dans le long silence qui suivit, Alexis se dit qu'elle aurait dû s'en tenir à des sujets plus neutres. Mais après tout, n'était-ce pas *lui* qui avait donné à leur échange une tournure personnelle ?

Elle but une nouvelle gorgée de vin avant de faire tourner le liquide dans le verre.

— C'est bon. Vous n'êtes pas obligé de me répondre.

— Il se trouve que j'ignore ce que c'est que d'avoir des parents qui se soucient de vous.

— Ah…

Elle mourait d'envie d'en savoir plus mais se retint de l'interroger. Elle se savait sur un terrain glissant depuis l'instant où elle avait accepté ce dernier verre dans sa suite.

— Et avant que vous ne me posiez la question : oui, ils sont bien vivants, l'un et l'autre.

Le ton était coupant. Le regard de Christos s'était assombri et ses doigts étaient crispés autour de son verre de whisky.

— Ce n'est pas si rare d'être séparé de ses parents. Je suis désolée si…

— Nous nous sommes éloignés de la direction que je voulais donner à notre conversation, coupa-t-il en relevant la tête. Voilà pourquoi je n'aime pas ce que vous, les Anglais, nommez bavardage.

Un peu perdue, elle passa sa langue sur sa lèvre inférieure.

— Bien. Vous souhaitiez me demander quelque chose en particulier ?

— Oui mais j'aurais dû être plus direct. Êtes-vous toujours célibataire ?

Christos pouvait se montrer intransigeant quand tout n'allait pas dans son sens. Mais pas question pour autant de se plier à ses caprices.

— Vous n'aimez peut-être pas les bavardages inutiles, mais ce n'est pas une raison pour aborder un sujet sans vous demander s'il pourrait me convenir. Notre accord n'existe que sur papier. Qu'est-ce qui vous fait croire que je souhaite discuter de ma vie privée avec vous ?

Il vida lentement son verre et le fit tourner entre ses doigts.

— Vous en savez beaucoup à mon sujet. Et à la lumière de ce que nous allons affronter à Drakonisos, je pense qu'il est temps de rétablir l'équilibre.

— Je ne suis pas d'accord. Je trouve que nous en savons assez l'un sur l'autre. Je connais votre vie privée parce que vous en avez fait une partie de mon travail. Si vous pensez que j'aime m'occuper des conséquences de vos… liaisons, détrompez-vous.

Il leva les yeux vers elle.

— L'incident de l'année dernière ne s'est pas reproduit, déclara-t-il.

— C'est vrai, je n'ai plus reçu d'appel depuis celui de la délicieuse Delilah.

— Était-ce vraiment si pénible de vous occuper de ça ?

Alexis ne sut si elle devait rire ou s'agacer de cette question.

— Savez-vous à quel point il est gênant de passer une heure, parfois plus, à écouter une étrangère inconsolable se confier à vous, tout en divulguant des détails personnels que j'aimerais vraiment qu'elle garde pour elle ?

Il la regarda avec intensité.

— Je suis prêt à parier qu'une grande partie de ces détails n'étaient que pure invention. Je suis très sélectif quant aux personnes avec qui je les partage.

— Et donc, celles avec qui vous sortez n'en font pas partie.

— En effet.

En entendant sa réponse implacable, elle éprouva un pincement au cœur pour ces femmes qui partageaient la vie de Christos, folles d'espoir alors qu'elles perdaient en général tout intérêt à ses yeux au-delà de six semaines.

— Quoi qu'il en soit, je ne tire aucun plaisir à être témoin de leur malheur, poursuivit-elle.

Il resta silencieux un instant, comme s'il digérait cette information nouvelle.

— Je trouve surprenant que cette activité soit difficile pour vous. Vous excellez dans tous les autres domaines de votre travail. Et puis, ce genre d'appels ne devrait pas vous prendre plus de quelques minutes. Une heure, c'est vraiment du temps perdu.

— Ou alors, vous pourriez m'épargner cette épreuve désagréable et consoler vous-même vos ex, répliqua-t-elle, agacée.

Il se leva pour aller se resservir un cognac, puis revint s'asseoir mais cette fois à côté d'elle sur le canapé. Alexis frémit en sentant les effluves envoûtants de son après-rasage.

— Considérez que cette tâche ne fait plus partie de votre job.

Soulagée, elle soupira et fut gagnée alors par un sentiment plus ambigu. Recueillir les lamentations des maîtresses éconduites de Christos avait été pénible mais cela lui avait aussi offert un aperçu de la façon dont il les traitait. Le récit des dîners luxueux et des avantages dus à sa richesse ne l'intéressait pas le moins du monde. En revanche, elle s'était sentie envoûtée par la description de ce que ces femmes ressentaient lorsqu'il dansait avec elles, leur souriait ou passait ses doigts dans leurs cheveux. Chacune d'entre elles avait reconnu qu'être au centre de l'attention de Christos Drakakis avait été une expérience merveilleuse, qui surpassait les avantages liés au fait de sortir avec le célibataire le plus convoité du monde.

Même si Alexis refusait de l'admettre, souhaitait-elle vraiment ne plus être au courant de ses relations ?

— Je vais y aller, dit-elle en se levant. Merci encore pour le…

Elle n'acheva pas sa phrase car il venait de lui saisir le poignet. Elle retint son souffle.

— Vous n'avez pas répondu à mon autre question.

Elle baissa les yeux vers sa main captive puis plongea son regard dans celui de Christos. La détermination qu'elle y lut la troubla profondément.

— Pourquoi tenez-vous tant à savoir si j'ai un petit ami ?

— Je ne voudrais pas qu'un homme se mette en travers de mon chemin.

— Que voulez-vous dire ? poursuivit-elle d'une voix légèrement tremblante.

— Asseyez-vous, je vais vous expliquer.

Elle prit place à côté de lui, alarmée par le ton solennel qu'il venait d'employer.

— Costas ne va pas bien. Il le nie mais son état s'est détérioré ces dernières semaines. Suffisamment pour qu'il ait besoin de voir un médecin.

— Je suis désolée, murmura-t-elle, sincère.

Il acquiesça, prenant un instant pour siroter son verre comme pour se distancer de ses émotions.

— Je lui ai parlé ce matin, se contenta-t-il de dire.

Cette nouvelle avait-elle contribué à l'issue inhabituelle du procès ? Si Christos pouvait se montrer impitoyable dans une salle d'audience, Alexis avait été frappée par les liens chaleureux quoique tendus qu'il entretenait avec son grand-père.

Elle ignorait les raisons pour lesquelles il avait besoin d'une épouse afin de garantir son héritage. Sans doute était-ce pour sauvegarder ses relations avec le vieil homme.

— Que vous a-t-il dit ?

Christos lui adressa un sourire froid avant de retourner à la contemplation de son verre.

— Il a refusé de me donner des détails au téléphone. Quand j'ai insisté, il m'a invité à venir voir par moi-même si cela m'intéressait. Nous avons eu quelques... désaccords récemment.

Elle hocha la tête.

— La dernière fois que nous y sommes allés, il a mentionné son souhait de vous voir reprendre sa société.

— Je ne savais pas que vous étiez au courant, dit-il. Le fait que j'ai préféré être avocat à armateur lui a fortement déplu. La seule chose que nous partagions était notre amour pour Drakonisos. Cette île qu'il m'avait promis en héritage. Jusqu'à récemment.

— Que s'est-il passé ?

— Il s'agit de mon cousin Georgios. Diriger la société de Costas et profiter des avantages substantiels qui en découlent ne lui suffisent plus. Il s'intéresse maintenant à Drakonisos.

— Il veut l'île ?

— Oui.

— Mais pourquoi celle-là ? Je suppose qu'il a les moyens de s'en acheter une, voire trois s'il le souhaite, n'est-ce pas ?

Christos haussa les épaules, l'air sombre.

— Il cultive un sentiment de rivalité à mon égard.

— Parce qu'il n'était pas le candidat choisi par votre grand-père au départ ? se risqua-t-elle à demander.

— Exactement. Costas pensait que je reprendrais sa compagnie à son départ à la retraite. Même après avoir compris que je poursuivais une autre voie, il a insisté. Je crois qu'il n'a toujours pas renoncé. C'est la raison pour laquelle je conserve des parts importantes de Drakakis Enterprises, ainsi qu'un droit de vote au conseil d'administration.

Alexis savait que la société pesait plus de dix milliards d'euros sur le marché.

— Mais Costas doit savoir que vous n'abandonnerez jamais le métier d'avocat.

Christos était brillantissime dans son domaine. Il était guidé par une force intérieure qu'elle soupçonnait provenir de son passé. Cela dit, si un homme sur terre pouvait mener plusieurs carrières de front, c'était bien lui.

— Il vit dans l'espoir que je change d'avis. C'est aussi pour cela qu'il me tient avec Drakonisos. Je me disais que tout cela changerait avec notre mariage mais Georgios est entré dans la partie.

— Pourquoi tenez-vous tant à cette île ?

Les doigts de Christos se crispèrent autour de son verre.

— Cela ne regarde que moi, Alexis.

Elle choisit de ne pas tenir compte de l'avertissement.

— Vous me demandez si je fréquente quelqu'un et je ne peux pas connaître les raisons pour lesquelles vous souhaitez acquérir un endroit quasiment désertique de la taille de Hyde Park ?

— À ce propos, vous ne m'avez toujours pas répondu. Y a-t-il un amant qui pourrait m'empêcher d'atteindre mes objectifs ?

Était-ce la façon qu'il avait eu de prononcer le mot amant qui mit le feu à ses sens ? Toujours est-il qu'il lui fallut quelques secondes avant d'être capable de répondre.

— Non, je n'ai personne.

— C'est bon à savoir, répondit-il, impassible.

— Puisque nous prenons des libertés, pouvez-vous me dire ce qu'il en est de votre côté, afin que je puisse optimiser mon rôle d'épouse parfaite ?

Une lueur malicieuse brilla dans les yeux de Christos.

— Je n'ai pas pris de femme depuis que je vous ai passé la bague au doigt, Alexis.

Elle ne put réprimer un soupir de soulagement, envoûtée par sa voix rauque et profonde.

— Dans ce cas, nous arriverons à faire illusion.

— Bien. En ce qui concerne l'île, selon mes sources Georgios a intensifié ses visites. De toute évidence, il tente d'empiéter sur ce qui me revient. Et Costas ne semble pas s'y opposer.

— Donc non seulement vous aurez à convaincre Costas de ne pas céder l'île à votre cousin, mais ce dernier sera sans doute sur place ?

Elle frémit. Faire semblant de vivre un bonheur conjugal sous le regard perçant de Costas était un défi, mais qu'en serait-il face à un nouveau public ?

Pense à la Maison de l'espoir. À tous ces enfants que tu vas aider...

— Avez-vous une idée du temps que nous passerons en Grèce ? ajouta-t-elle.

— Attendez-vous à quelques semaines. Peut-être un ou deux mois.

— Des mois ? souffla-t-elle.

— Si je ne vous connaissais pas aussi bien, je penserais que vous songez à revenir sur notre accord.

Alexis savait qu'elle n'avait guère le choix. Pas si elle voulait continuer à aider le foyer de son enfance. Et puis, contre quoi protesterait-elle au fond ? Elle avait renoncé à l'amour depuis longtemps. Cet accord écrit noir sur blanc avait même un aspect rassurant. Elle n'avait rien à craindre et encore moins du côté des sentiments. Et pourtant...

— J'ai besoin de réfléchir à tout cela, fit-elle en se levant brusquement.

Avec la souplesse d'un félin, il se leva à son tour et se

dirigea vers la porte pour la lui ouvrir. Alors qu'elle passait devant lui, il murmura à son oreille :

— Prenez le temps qu'il vous faudra mais sachez que je n'accepterai aucun refus de votre part.

4.

Alexis était épuisée. Les trois jours précédents avaient été un enfer pour ses nerfs. Après cette soirée, elle avait à peine réussi à dormir une heure et les nuits suivantes, guère plus. L'annonce par Christos de leur départ prochain pour Drakonisos n'avait fait qu'exacerber cette sensation désagréable au creux de son ventre. Il n'avait pas insisté pour obtenir sa réponse, s'attendant sans doute à ce qu'elle endosse sans rechigner ce rôle qu'il attendait d'elle.

Son cœur s'emballait dès qu'elle y pensait. Son souffle se faisait plus court chaque fois qu'il s'adressait à elle.

Il était vraiment temps qu'elle reprenne ses esprits.

Alors qu'elle se préparait à quitter le bureau, Christos apparut sur le seuil de la porte. Comme toujours en fin de journée, ses manches étaient retroussées, mettant en valeur ses avant-bras mats et musclés.

— Il y a du nouveau. La femme de Demitri a quitté le domicile familial et emmené son fils avec elle. Apparemment, elle aurait déjà emménagé à Athènes avec son nouvel amant.

Alexis comprit que cette affaire le touchait vraiment.

— Est-ce que le petit garçon va bien ? demanda-t-elle en venant à sa rencontre.

— Non. Il a déjà appelé son père plusieurs fois en le suppliant de venir le chercher.

— Pouvons-nous faire quelque chose ? ajouta-t-elle, émue.

Christos secoua la tête.

— J'ai demandé à nos partenaires athéniens d'émettre

une injonction. Mais l'enfant devra rester avec elle au moins jusqu'à la fin du week-end prochain.

Elle posa une main sur son avant-bras.

— C'est sa mère, dit-elle doucement, elle ne laissera rien de mal lui arriver.

Elle sentit les muscles de Christos se contracter sous ses doigts tandis qu'il lui jetait un regard plus sombre que la nuit.

— Sa négligence à l'égard de son fils est une certitude bien documentée. Il est impératif que l'enfant soit soustrait à son influence le plus tôt possible.

— Cette affaire compte plus pour vous que vous ne souhaitez l'admettre, n'est-ce pas ? se risqua-t-elle à demander.

Il baissa les yeux vers la main posée sur son bras.

— C'est mon filleul…

— C'est tout ?

Il resta silencieux un long moment, puis saisit la main d'Alexis et la garda dans la sienne. Son regard, toujours dur, était empreint d'une grande lassitude.

— Je déteste que les parents instrumentalisent leurs enfants lorsqu'ils décident de se séparer.

Était-ce la chaleur de sa main qui la poussa à se confier ?

— Je sais de quoi vous parlez…

— Comment cela ? demanda-t-il dans la foulée.

Trop tard…

— J'ai grandi dans un orphelinat. Je sais exactement ce que l'on ressent quand on n'est pas désiré.

Le regard de Christos brilla soudain d'un feu mystérieux.

— La Maison de l'espoir…, murmura-t-il d'une voix rauque.

Troublée, elle chercha à retirer sa main de son étreinte, mais il la retint quelques instants. Elle venait de révéler un secret enfoui en elle qu'elle aurait préféré garder caché.

— Aviez-vous besoin d'autre chose ? fit-elle pour mettre fin à cette discussion.

— J'étais venu vous prévenir qu'il est possible que nous partions pour Athènes dès demain matin. Je suppose que vous m'accompagnez ? acheva-t-il en plongeant ses yeux dans les siens.

— Ai-je le choix ?

Il fronça les sourcils.

— Pas si vous tenez toujours à respecter les termes de notre accord.

— C'est entendu, souffla-t-elle, comme prise au piège.

Christos raccrocha et réprima un nouveau juron. Cette semaine était décidément infernale.

Son échec de lundi avait porté un coup violent à sa fierté, mais avoir laissé le fils de Demitri devenir un pion dans cette histoire le rendait malade.

Voilà pourquoi il évitait de prendre ce genre d'affaires. Depuis qu'il s'était extirpé du champ de bataille sanglant qui avait marqué le divorce de ses parents, l'institution du mariage résonnait pour lui comme un anathème.

Il se souvenait encore de son hésitation face aux déclarations d'amour enflammées de son ami Demitri, sept ans auparavant. Ce dernier était alors persuadé d'avoir rencontré la femme de ses rêves, bien qu'il ait jusqu'ici nourri un cynisme égal à celui de Christos vis-à-vis d'un tel engagement. Ce jour-là, Christos avait accordé sa bénédiction à son ami de toujours.

Savoir que ses scrupules s'étaient révélés fondés ne lui apportait aucune joie. À présent, le même schéma que celui qui avait brisé son enfance se reproduisait avec le fils de Demitri.

Christos fit pivoter la chaise de la salle de conférences de son jet en direction du hublot. L'avion venait juste de décoller, mais la vue n'avait rien de réconfortant. Si l'Angleterre ne manquait pas de charmes, la météo n'en faisait certainement pas partie.

Était-ce le fait de parler à Kyrios qui avait déclenché en lui cette envie soudaine de retrouver la chaleur et la vitalité de Drakonisos ? Le seul endroit où il se sentait chez lui. Ce lieu dont son cousin avide tentait de s'emparer.

Ses pensées furent interrompues par l'arrivée d'Alexis. Un autre type de turbulences s'empara de lui, qui n'avait rien à voir avec celles, plus légères, qui agitaient l'avion. Tout avait commencé lors de cette soirée interminable au bureau, le jour du verdict.

Christos avait alors lutté contre l'envie soudaine de la décoiffer encore plus en libérant ses mèches folles, de tirer les pans de sa chemise hors de sa jupe moulante et d'effacer d'un baiser les dernières traces de son rouge à lèvres.

Ce n'est qu'une fois seul dans sa suite, sous une douche brûlante, qu'il avait mis ce désir sur le compte des événements qui avaient jalonné cette journée éprouvante. En la regardant s'avancer vers lui dans l'avion, il n'en était plus aussi sûr.

Il ne se rappelait pas l'avoir déjà vue en pantalon au travail. D'ordinaire, elle optait pour des tailleurs jupes ou des robes avec veste élégamment assorties.

Son look était totalement différent aujourd'hui. Christos ne pouvait détacher son regard du corps splendide de la jeune femme, vêtue d'un jean brut, d'un débardeur bleu marine et d'une petite veste en cuir qui lui arrivait à la taille. Un désir brutal l'envahit.

Lorsqu'elle se retourna pour fermer la porte, la vision de ses fesses moulées dans son jean lui coupa le souffle. Comme il aurait aimé les prendre dans ses mains pour l'attirer contre lui jusqu'à ce qu'elle presse ses seins contre son torse. Il ne pensait qu'à respirer l'odeur de son cou. Avait-elle mis son parfum à la rose ou celui qui lui rappelait une légère brise océane ?

Comment expliquer l'effet dévastateur que cette femme avait sur lui ? Était-ce parce qu'elle ne le regardait pas comme les autres avec des étoiles dans les yeux, lui murmurant ces mots qu'il n'aimait pas entendre : couple, liaison et, pire que tout, *amour* ?

Oui, c'était peut-être ça, tout simplement. Ses parents à lui les avaient prononcés et voilà où cela l'avait mené, petit pion, écartelé entre deux prédateurs sans pitié qui ne se souciaient pas du mal qu'ils lui faisaient.

Son regard passa des hanches de la jeune femme à ses poignets fins cerclés de bracelets d'argent. Lorsqu'elle s'immobilisa devant lui, il eut toutes les peines du monde à cacher les preuves de son désir ardent.

— Des nouvelles dans l'affaire Kyrios ? demanda-t-elle.

Avec sa tablette, son stylo électronique et son chignon impeccable, elle était le stéréotype de l'assistante idéale. Il résista à l'envie de détacher ses cheveux pour libérer ses mèches brillantes et épaisses et décida de se concentrer sur la situation difficile de son ami. D'un signe de la main, il invita Alexis à s'installer en face de lui. Elle obtempéra et s'assit en croisant ses longues jambes fuselées.

— Je viens de parler aux avocats. Ils sont en route pour le tribunal. Nous saurons dans l'heure si nous devons changer de cap vers Athènes ou poursuivre notre vol en direction de Drakonisos.

— Avez-vous eu Demitri ? Comment va votre filleul ?

— Sa mère refuse de le laisser voir son père. Il en va de même pour la mère de son fils aîné, celui dont il vient de découvrir l'existence.

— Donc si je comprends bien, il est possible que nous ayons deux procédures de garde d'enfants et non plus une seule ? fit Alexis.

— Potentiellement, oui. Mais le retour de mon filleul est une priorité. Pas question de le laisser dans cet environnement toxique.

— Quand l'avez-vous vu pour la dernière fois ?

— Cela fait… un certain temps, avoua-t-il, un peu honteux.

— Vous ignoriez donc que le mariage de Demitri battait de l'aile ? Que tous les points énumérés comme étant la cause de son divorce…

Elle s'interrompit, fixant sa tablette pour se rafraîchir la mémoire, mais Christos connaissait déjà la liste par cœur.

— Infidélité ? compléta-t-il à sa place. Négligence à l'égard de son mari et de son enfant ? Violence verbale et physique, même si non encore prouvée envers son fils ? Bref toutes les raisons habituelles pour lesquelles deux personnes qui ne devraient pas se marier se retrouvent dans ce genre de situation ? Je ne suis pas un soldat de la morale, Alexis. Ma seule tâche consiste à faire en sorte que les bonnes personnes s'en sortent sans trop de dommages.

Elle battit des paupières plusieurs fois avant de murmurer :

— Bien entendu…

Il serra les dents, conscient d'en avoir trop dit. Alors qu'elle se préparait à poursuivre, il fit glisser une feuille de papier dans sa direction.

— Contactez ces clients. Dites-leur que nous ne serons pas là pendant quelque temps et que je les tiens au courant s'il y a du nouveau.

Elle acquiesça et mordit sa lèvre inférieure en jetant un œil à la liste. La vision de sa bouche pulpeuse nappée de gloss raviva le désir de Christos. Soudain, elle surprit son regard posé sur elle et, le rouge aux joues, porta la tablette à sa poitrine comme pour se protéger de lui. Au même moment, son portable émit un bip qui la fit sursauter.

— Je… je m'en occupe, dit-elle en se levant vivement.

Il la laissa partir sans un mot. Que venait-il donc de se passer ? Comment expliquer ce désir violent qui lui avait fait perdre toute notion de prudence ? Il s'était toujours interdit de mélanger affaires et plaisir. C'est la raison pour laquelle il s'était séparé de ses anciennes assistantes dès l'instant où celles-ci avaient montré des signes d'intérêt plus personnels que professionnels.

Mais Alexis était différente. Et pas seulement parce qu'il avait conclu un accord douze mois auparavant avec elle en lui passant la bague au doigt.

Sa révélation au sujet de la Maison de l'espoir l'avait déstabilisé. La première fois qu'elle en avait parlé, il était trop préoccupé à sceller les termes de leur contrat pour prêter attention à la raison pour laquelle un foyer pour enfants comptait à ce point pour elle. Aucune des femmes avec qui il était sorti par le passé n'aurait eu une pensée quelconque au sujet d'un orphelinat. À peine tentaient-elles de paraître magnanimes lorsqu'elles l'accompagnaient à des galas de charité. Et alors que lui s'efforçait de tenir son passé funeste le plus loin possible, Alexis puisait dans le sien pour rendre la pareille à ceux qui l'avaient aidée.

Même s'il refusait de l'admettre, cette découverte... le troublait. Peut-être était-ce parce qu'il n'avait pas pris une femme dans son lit depuis un an. Depuis quelque temps, pour une raison mystérieuse, ses velléités de don Juan cessaient avant la fin d'un dîner ou d'une pièce de théâtre et c'est toujours seul qu'il revenait dans sa résidence principale située à Mayfair.

Au début, il n'y avait guère prêté attention mais, avec le recul, il avait compris que cela avait débuté lorsqu'il avait entendu Delilah Armitage menacer Alexis au téléphone. L'effroi qu'il avait vu se peindre sur le visage de son assistante lui était resté longtemps en mémoire.

Il se leva. Il aurait bien le temps de réfléchir à tout cela, une fois arrivé à Drakonisos.

Quand son téléphone sonna une heure plus tard et qu'il eut parlé brièvement avec son équipe, c'est l'esprit plus léger qu'il partit à la recherche de son assistante.

— Y a-t-il des nouvelles ? lui demanda celle-ci lorsqu'il vint s'asseoir à côté d'elle dans le luxueux salon de l'avion.

— En effet. Les avocats ont obtenu une audience d'injonction lundi matin à la première heure. D'ici là, une équipe de sécurité veillera discrètement à ce qu'il n'arrive rien de mal au garçon.

Alexis eut un sourire chaleureux qui raviva immédiatement son désir.

— J'en suis heureuse, répondit-elle avant que son sourire vacille. Mais alors…

La lumière du soleil perça à travers le hublot, illuminant le visage ravissant de la jeune femme.

— Oui, Alexis, fit-il en caressant doucement sa joue. Nous sommes en route pour Drakonisos.

5.

Alexis sut que ce voyage serait différent dès leur atterrissage sur l'île en apercevant à travers le hublot le convoi de berlines qui les attendait sur le tarmac. Son cœur fit un bond en reconnaissant le vieil homme adossé contre la première d'entre elles.

Avec ses cheveux d'un blanc éclatant et ses yeux gris acier, Costas Drakakis se tenait droit et fier, une canne posée le long de sa hanche droite. De là où elle était assise, Alexis ne pouvait détecter aucun signe de maladie ou de faiblesse. En tout cas, rien qui puisse justifier que son petit-fils se rende en urgence à son chevet.

— Je croyais avoir compris que votre grand-père était souffrant ?

Christos fronça les sourcils face au ton légèrement accusateur.

— L'une des premières leçons qu'il m'a apprises étant enfant est de ne jamais prendre pour acquis les apparences. C'est une règle qu'il applique à lui-même. Je vous suggère d'en faire autant.

Elle reporta son attention sur le comité d'accueil tandis que l'avion effectuait ses dernières manœuvres.

Dès que les portes furent déverrouillées et l'escalier abaissé, Christos se leva et tendit la main dans sa direction.

— Viens, Alexis. À partir de maintenant, nous nous tutoyons.

— Si je te disais que je ne suis pas prête, cela changerait-il quelque chose ?

— La seule raison pour laquelle Costas accepterait notre retard serait que nous sortions avec l'air d'avoir fait l'amour sauvagement. Est-ce l'impression que tu veux donner ?

— Bien sûr que non, dit-elle en rougissant violemment.

Il esquissa un sourire narquois.

— Dommage, j'étais d'humeur à jouer.

Ignorant le sarcasme, Alexis glissa sa main dans celle de Christos. Quand il referma ses doigts autour des siens et l'attira à lui, elle fut incapable d'opposer la moindre résistance, emportée par un bouleversement des sens. Mais au lieu de la mener vers la sortie comme elle s'y attendait, il resta immobile et la regarda fixement.

— Peut-être devrais-je t'embrasser pour m'assurer que tu gardes ce regard rêveur lorsque nous serons dehors, murmura-t-il d'une voix rauque.

Lui aussi était troublé.

— Tu te fais des idées…

Christos lâcha sa main et, alors qu'elle espérait se dégager de son emprise, il glissa un bras autour de sa taille, l'emprisonnant contre son corps ferme et musclé.

— Vraiment, *yineka mou* ?

Ma femme.

Il avait parfaitement le droit de l'appeler ainsi, maintenant qu'ils étaient revenus sur le lieu de leur accord. Et elle n'aurait pas dû en être aussi touchée.

Christos glissa ses doigts dans la masse lourde de ses cheveux. Le moindre geste de cet homme était empreint d'une puissance animale qui la fascinait, lui rappelant cette faim qu'elle avait ressentie cette nuit-là, sur son canapé. La précision avec laquelle il lui avait donné du plaisir. Et avec quelle avidité elle avait rêvé qu'il recommence.

— Tu en as envie, toi aussi, n'est-ce pas ? demanda-t-il d'une voix basse et profonde en fixant sa bouche.

— Christos…

— Il te suffit de demander.

Serrée contre lui, elle sentit la puissance de son érection et un gémissement lui échappa. Oui, elle le voulait. Elle était humaine après tout. Elle avait des besoins. Des besoins qu'elle avait enfouis durant des années.

Elle posa une main sur son torse. Le rythme accéléré des battements de son cœur contre ses doigts lui donna envie d'être collée à sa peau.

C'était de la folie pure. Ne courait-elle pas au désastre ? Non, car Christos n'était pas Adrian. Il ne la manipulait pas avec des mots doux. Il allait droit au but et avait lancé la balle dans son camp. Et tout ce qu'elle voulait, en cet instant, c'était un baiser. Rien de plus.

Menteuse.

Le regard fiévreux de Christos était toujours rivé sur sa bouche. Comme il baissait la tête, elle sentit son souffle sur ses lèvres.

— Je veux te goûter à nouveau, *glykia mou*. Je veux entendre ce petit bruit que tu fais quand tu es excitée.

Chaque parcelle de son corps était en fusion. De sa main, elle entoura le cou puissant de Christos et se hissa sur la pointe des pieds pour venir à sa rencontre. Ses lèvres s'entrouvrirent pour accueillir les siennes.

— Si vous n'étiez pas prêts à débarquer, peut-être auriez-vous dû demander au pilote de tourner un peu plus longtemps dans l'espace aérien.

Au son de la voix râpeuse qui évoquait des années d'insouciance passées à fumer des cigares coûteux et à boire de l'ouzo, Alexis s'écarta d'un bond. Ou du moins, elle tenta de le faire car le bras de Christos, fermement enroulé autour de sa taille, l'en empêcha.

Elle se retourna et rougit en apercevant Costas Drakakis debout devant la porte d'entrée, la canne à la main et le regard fixé sur eux.

Morte de honte, elle jeta un œil à Christos mais rien dans

son visage ne trahissait la gêne d'avoir été surpris en pleine étreinte avec son assistante.

Ou plutôt *sa femme.*

Car ici et maintenant, elle n'était plus son employée de confiance mais son épouse, comme en témoignaient les luxueuses bagues et alliances en diamant et platine à son doigt.

— Pappou ! Nous étions sur le point de sortir. Ce n'était pas la peine de monter jusqu'ici.

— Je n'ai pas cette impression et, d'ailleurs, je mourais de chaud en vous attendant dehors.

Alexis s'éclaircit la voix et se força à sourire.

— Costas, c'est un plaisir de vous revoir.

— Vraiment ? Vous n'aviez pas l'air si pressée de me retrouver, répondit-il en lui jetant un regard si semblable à celui de son petit-fils qu'elle en fut troublée.

— Tiens-toi bien, Pappou ! le réprimanda Christos d'un ton affectueux.

Contrairement à d'autres familles, les deux hommes ne se serrèrent pas dans les bras et n'échangèrent pas de salutations particulières. Mais ils s'observèrent sans un mot durant quelques secondes, comme s'ils parlaient le même langage silencieux.

Un homme vêtu d'une blouse médicale apparut derrière Costas. Sentant sa présence, ce dernier émit un grognement.

— Comme vous pouvez le constater, mon chien de garde est prêt à intervenir. Soyez gentils et quittons cette boîte de conserve.

— Je t'en prie, déclara Christos en l'invitant à passer le premier.

Il garda la main d'Alexis fermement serrée dans la sienne en sortant de l'avion.

Elle poussa un soupir de soulagement en voyant Costas monter seul dans la première voiture, la deuxième étant pour eux et la troisième, destinée à leurs bagages.

Durant les premières minutes du trajet, elle admira le paysage somptueux à travers la fenêtre. Faisant partie des plus grandes îles privées de Grèce, Drakonisos devait son nom aux falaises escarpées en forme de dragon qui bordaient son littoral. Elle comptait deux plages d'une beauté à couper le souffle. La première située devant la somptueuse villa des Drakakis, la seconde dans une crique isolée à quelques centaines de mètres de là. Bien qu'Alexis soit déjà venue deux fois sur l'île, elle savait que celle-ci recélait encore des trésors à explorer. Mais ce plaisir serait pour plus tard.

Incapable de garder pour elle la question qui lui trottait dans la tête, elle se tourna soudain vers Christos.

— Tu savais que Costas allait monter dans l'avion ? demanda-t-elle à voix basse pour que le chauffeur ne l'entende pas.

— Je m'en doutais, répondit-il en haussant les épaules d'un air insouciant qui la rendit folle. Mon grand-père n'est pas connu pour sa patience.

— Et tu ne m'as pas prévenue ?

— Pour que tu maintiennes un espace de deux mètres entre nous ? Il valait beaucoup mieux qu'il nous surprenne ainsi. Et ton rougissement a été du plus bel effet.

— Je suis ravie de voir que tout cela t'amuse.

— Et de mon côté, je me réjouis de constater que tu prends les choses à cœur.

Ce qu'il pouvait être énervant à jouer ainsi avec ses nerfs !

— Tu es toujours agacée ? poursuivit-il après l'avoir dévisagée quelques instants.

— Tu as tout mis en scène pour ton grand-père, c'est cela ?

— Que ce soit le cas ou non, cela n'a aucune importance. N'oublie pas que tu as un rôle à jouer.

— Je ne l'oublie pas.

— Dans ce cas, quel est le problème exactement, *glykia mou* ?

L'expression tendre la toucha plus qu'elle ne voulait l'admettre.

— Je n'aime pas qu'on me prenne au dépourvu.

— La vie est ainsi faite, Alexis. Il faut se préparer à faire face aux imprévus.

— Qu'insinues-tu ? demanda-t-elle en se raidissant.

— C'est la raison pour laquelle tu as quitté ton dernier employeur, non ? Les choses ne se sont pas déroulées comme tu t'y attendais ?

Son cœur s'emballa dans sa poitrine.

— Tu es au courant ?

— *Ne*, répondit-il dans sa langue maternelle en hochant la tête.

— Pourquoi ne pas m'en avoir parlé avant ?

— Je préférais être discret. Mais si cela peut te rassurer, sache que je n'ai pas cherché à tout connaître de cette histoire. En fait, je préférerais que tu m'en parles toi-même.

Plutôt mourir que de lui raconter l'humiliation qu'elle avait subie et cette erreur de jugement qui avait failli tout lui coûter. Christos aurait-il encore confiance en elle s'il connaissait les détails sordides de cette aventure ?

— Peut-on se contenter de dire que c'est une relation qui n'a pas marché ? fit-elle. Le passé appartient au passé, n'est-ce pas ?

Avant qu'il puisse répondre, la voiture s'arrêta. Soulagée, Alexis sortit du véhicule et prit une grande bouffée d'air pour tenter de recouvrer ses esprits.

Bâtie sur le point culminant de l'île, la villa bénéficiait d'une vue magnifique. Au-delà des cyprès, des buissons d'hibiscus et des pelouses impeccablement entretenues, la mer scintillait de mille feux.

Grâce à ses séjours précédents, Alexis savait que la plage était à moins de cinq minutes à pied et que le yacht et la vedette des Drakakis étaient amarrés hors de vue autour de la crique.

Elle se tourna vers Christos dont l'attention était portée vers la partie la plus escarpée de l'île. Une légère brise le décoiffa mais il n'y prêta guère attention, perdu comme il en avait l'air dans ses souvenirs. Était-ce ceux-là qui le liaient si puissamment à cette île ? Soudain, il sembla se détendre et sourit à Alexis.

— Et si nous allions nous mettre à l'abri du soleil avant que Costas ne recommence à râler ?

Elle acquiesça et le suivit en direction du bâtiment.

La maison était une vaste villa grecque traditionnelle à plusieurs niveaux, blanchie à la chaux et dotée des équipements modernes les plus luxueux. Bien qu'elle soit déjà venue, Alexis fut une fois de plus stupéfaite par la beauté des lieux. Dans l'entrée, un large couloir pavé de carreaux en terre cuite et orné de fenêtres rectangulaires menait à un grand salon aux murs clairs en pierres massives décorés d'œuvres d'art cycladique, puis à une vaste terrasse baignée de soleil.

Ils y retrouvèrent Costas qui les attendait près d'une table parée de rafraîchissements. Alexis frémit en sentant la main de Christos se glisser dans son dos pour l'inviter à prendre place à côté de son grand-père.

Elle s'assit en adressant un sourire à Costas.

Paxos, l'intendant de la villa, lui offrit un punch à l'ouzo dont elle connaissait l'effet traître lorsqu'il était consommé en excès. Il lui proposa ensuite quelques pâtisseries fines qu'elle grignota tandis que Christos et son grand-père conversaient en grec.

Lorsque le silence se fit, elle leva les yeux vers eux.

— *Kalos orises spiti*, marmonna Costas.

— Mon grand-père te souhaite la bienvenue, traduisit Christos.

Les yeux du vieil homme étaient fixés sur elle, scrutant chacune de ses expressions et analysant ses interactions avec son petit-fils. Elle se rendait compte à présent que Christos avait eu raison en déclarant que ce voyage serait différent. Leur relation était passée au crible.

— *Efkharisto*, répondit-elle en se forçant à sourire.

Une lueur chaleureuse brilla dans le regard de Costas avant qu'il se tourne vers son petit-fils.

— Si vous êtes venus pour me surveiller, je vous suggère de ne pas défaire vos valises, déclara-t-il. J'ai eu ma dose de fouineurs ces derniers temps.

Christos prit le temps de siroter son verre avant de poser ses avant-bras musclés sur les accoudoirs de son fauteuil.

— Je suis ici pour prendre de tes nouvelles, répondit-il le plus calmement du monde. Et nous n'avons pas l'intention de repartir avant que je sois satisfait à ce sujet.

— Est-ce la seule raison de votre visite ? insista le grand-père en fronçant les sourcils.

— Tu peux continuer ton petit jeu autant qu'il te plaira, vieil homme. Rappelle-toi seulement que je ne suis pas un adversaire à prendre à la légère.

Les joues de Costas se fendirent d'un sourire. Il avait beau se donner des airs de vieux grincheux, il était heureux que son petit-fils soit là. Alexis en aurait mis sa main à couper.

— J'aimerais à présent un compte rendu détaillé de ce qui t'arrive, dit Christos après un silence.

— Ton coup de force auprès de mes médecins n'a pas réussi ? répliqua Costas avec un rictus.

— Nous savons tous deux que tu as délibérément compliqué les choses pour que je vienne en personne. Alors assez de suspense.

Le vieil homme haussa les épaules, pas le moins du monde impressionné par cette accusation.

— Rien d'inhabituel pour quelqu'un de mon âge…

— Des détails, Pappou !

Le regard de Costas s'attarda sur Alexis avant de revenir vers Christos.

— Maintenant que vous êtes là, je donnerai peut-être l'autorisation à mes docteurs de te parler.

— Très bien, dit Christos avec un soupir. Je m'entretiendrai avec eux dès que nous en aurons terminé ici.

— Et une fois que ce sera fait, tu pourras te détendre un

peu et profiter de cette fête que ton cousin souhaite organiser en mon honneur.

— Quelle fête ? s'exclama Christos.

— Un anniversaire, d'après ce que j'ai compris. Avec beaucoup de monde.

Alexis tourna la tête vers Christos et lut de la rage dans son regard.

— Tu as autorisé Georgios à organiser une soirée sans me consulter au préalable ?

— Il a insisté, répondit Costas en haussant les épaules. Et je dois dire que mon petit-neveu a été très… présent, ces derniers temps. Beaucoup plus que toi et ta nouvelle épouse que je pensais d'ailleurs être en voie de fonder une famille à l'heure qu'il est, acheva-t-il en regardant ostensiblement le ventre d'Alexis.

— Nous… je…, bredouilla-t-elle.

— Tu embarrasses ma femme ! s'écria Christos.

Costas reporta son attention sur son petit-fils.

— Il n'y a pas de mal à être un peu bousculé de temps en temps, répondit-il. Je ne vivrai pas éternellement, tu le sais. Et puisque vous prétendez être mariés mais que vous continuez à vivre séparément, je me demande si tout cela n'est pas une mascarade finalement.

Alexis ouvrit grand les yeux.

— Comment…

Elle s'interrompit en sentant la main de Christos agripper fermement la sienne sous la table.

— Les détails intimes de mon mariage ne te concernent pas. Tu peux rappeler tes espions. Quant à me mettre en compétition avec mon cousin…

— Et si c'était le cas ? Que ferais-tu ? demanda effrontément Costas en abandonnant toute velléité de diplomatie.

— Tu ferais ça, vraiment ? gronda Christos.

— Tu as dit que tu étais prêt à jouer le jeu. Prouve-le-moi.

Les mots de Costas résonnaient encore dans l'esprit d'Alexis lorsqu'ils gagnèrent leur suite, après que le vieil homme se fut retiré. Dès que la porte se referma derrière eux, Christos laissa échapper un juron furieux.

— Il sait que nous ne vivons pas ensemble, murmura Alexis. Et il nous surveille.

Comme cette impression était désagréable…

— Oui, acquiesça Christos. Et je suis presque certain de savoir qui est derrière tout ça.

— Ton cousin ?

Il haussa les épaules et se passa la main dans les cheveux en faisant les cent pas.

— Nous sommes mariés depuis un an. S'il avait su depuis le début que nous vivions séparément, il aurait déjà fait une remarque. J'en déduis donc qu'on lui a donné l'information récemment.

Elle frissonna en sentant la fraîcheur de sa robe en soie coller à sa peau.

— Qu'allons-nous faire ?

Christos la fixa de son regard intense.

— Tu n'as pas à t'inquiéter au sujet de ta précieuse Maison de l'espoir, Alexis.

— C'est bien la dernière chose à laquelle je songeais ! s'exclama-t-elle, blessée par sa remarque. Si tu veux tout savoir, c'est à toi que je pensais.

— À moi ? répéta-t-il, incrédule.

— J'ai vu ton visage lorsque nous sommes arrivés. Cet endroit compte pour toi. Il représente davantage qu'un héritage dont tu crains que ton cousin te spolie.

Christos resta silencieux un instant, puis ses traits se figèrent.

— Peu importe le pourquoi. C'est le comment qui doit nous préoccuper. La seule façon de venir à bout des soupçons de Costas est de le convaincre que ce mariage est bien réel, acheva-t-il en reprenant ses allées et venues.

Pour cacher son trouble, Alexis reporta son attention sur

la contemplation de la pièce. Leur suite était un modèle de luxe et de confort. Elle disposait de deux dressings, d'un somptueux salon ainsi que d'une terrasse privée.

Au cours de leurs séjours précédents, Christos avait dormi sur le canapé mais que se passerait-il cette fois ? Elle ne parvenait pas à détacher son regard du large lit à baldaquin qui trônait au milieu de la chambre. Une boule de chaleur l'envahit en imaginant Christos dans ce lit. Avec elle. Leurs corps lovés l'un contre l'autre. Et ce plaisir qu'il savait faire naître et exploser en elle…

Elle ne put réprimer un soupir, mais Christos dut l'interpréter comme un signe de détresse car il fronça les sourcils.

— Je n'ai pas l'intention d'assouvir mes pulsions charnelles maintenant, Alexis, si c'est ce qui t'inquiète.

Plutôt que de lui révéler la raison de son émoi, elle choisit de le mettre au défi.

— Tu m'as confié ne pas avoir eu de femme depuis un an. Peut-être pensais-tu avoir trouvé là une occasion d'apaiser ta frustration ?

Il s'immobilisa face à elle.

— Ma frustration ? Je préfère parler de sexe et de plaisir partagés.

Elle sentit à nouveau la flamme du désir la gagner. Pourquoi cet homme lui faisait-il cet effet chaque fois qu'il s'approchait d'elle ? Était-ce son parfum aux effluves enivrants ou son regard brûlant ?

— Nous sommes tous deux des adultes avec des besoins, Alexis. Nous pourrions décider ensemble de nous adonner au plaisir…

— Tu n'as pas peur que je me laisse emporter par les sentiments si nous prenons ce chemin ? murmura-t-elle, les joues plus roses.

— Outre ton souhait d'assurer l'avenir de la Maison de l'espoir, pourquoi as-tu accepté ma proposition ?

— En quoi est-ce important ? lança-t-elle, méfiante.

— Tu es jeune, séduisante, avec un bel avenir devant toi. Et pourtant, tu as accepté de me donner trois ans de ta vie. Pour quelle raison ?

Comment allait-elle se sortir de ce pétrin ?

— Il est un peu tard pour me demander ça, tu ne crois pas ?

Il attrapa une mèche de ses cheveux et l'enroula autour de son doigt sans la quitter des yeux.

— Réponds à ma question, Alexis.

— Parce que ça ne m'intéresse pas de m'engager dans une relation. Plus maintenant, avoua-t-elle, la gorge serrée. Et l'accord que nous avons passé stipulait qu'il n'y aurait rien… d'intime entre nous.

Le regard de Christos s'illumina.

— Tu sais comme moi que les choses ont changé depuis ce qui s'est passé il y a deux mois.

— Notre accord reste le même, dit-elle d'une voix faible.

— Tu peux toujours te cacher derrière les termes du contrat, si cela te rassure. Mais ce qu'il y a entre nous ne va pas disparaître, *glykia mou*. Peu importe les efforts que tu fourniras. Quant à craindre que tu deviennes trop sentimentale, il y a peu de chances. Tu es restée de marbre ces trois dernières années. À moins que ton humeur change si je te mets dans mon lit ? acheva-t-il en lui caressant doucement la joue.

— Et d'une, tu ne me mettras pas dans ton lit et de deux, je sais parfaitement que tu as viré tes anciennes assistantes dès qu'elles t'ont regardé avec des étoiles dans les yeux.

— C'est vrai et c'est ce qui te différencie d'elles. Tu viens de m'avouer que tu ne cherchais pas l'amour. Il n'y a donc aucune raison que les choses changent entre nous.

Christos resta silencieux un instant.

— Tu me plais beaucoup plus que je ne l'aurais pensé, murmura-t-il, la faisant chavirer. Quel meilleur moyen de surmonter cette tension que de s'y plonger avec délices ?

Elle sourit, incapable de lui en vouloir. Après tout, il était sincère. Ce qu'elle avait méprisé plus que tout chez Adrian était ses mensonges qui ne visaient qu'à la manipuler.

— Tu me trouves amusant, *glykia mou* ?

— J'ai comme l'impression que tu cherches à m'attirer dans tes filets.

— J'aime parler franchement.

— Je vois ça, répondit-elle sans pouvoir réprimer un tremblement de désir.

— Alors je crois qu'il est temps de mettre fin à cette discussion.

Et sur ces mots, il posa avidement ses lèvres sur les siennes.

Le baiser emporta Alexis dans un tourbillon de plaisir, laissant monter en elle la fièvre qui couvait depuis deux mois. Son corps entier s'embrasa tandis qu'elle se pressait contre lui. Elle avait imaginé beaucoup de choses pendant ses insomnies mais cette étreinte surpassait tous ses fantasmes. À chaque pression de sa langue, cet homme l'emmenait au paradis.

— Christos…

— Oui. Dis mon nom encore, *matia mou*.

Mon Dieu, que faisait-elle ?

— Attends, j'ai encore une question.

Il s'écarta à contrecœur.

— Qu'y a-t-il ?

Elle attendit quelques instants pour retrouver son souffle.

— De quoi parlait Costas ? À quoi jouez-vous tous les deux ?

6.

Christos réfléchit à ce qu'Alexis venait de lui demander. Il avait espéré avoir un peu de répit avant que son grand-père ne lui saute à la gorge, mais non. Tout comme lui, Costas n'aimait pas tourner autour du pot.

Il regarda par la fenêtre au-delà des jardins, jusqu'à la mer, à la recherche de cette sérénité qu'il ressentait habituellement lorsqu'il était dans cet endroit si particulier. Il était suffisamment riche pour voyager où il le souhaitait et avait acquis de somptueuses propriétés à travers le monde mais, nulle part ailleurs qu'à Drakonisos, il n'éprouvait cette… paix. C'était la seule chose dans sa vie qui était capable de provoquer en lui une émotion réelle. Cette île que son grand-père brandissait entre ses mains comme un jouet maudit. Le mettant au défi d'agir. L'incitant à…

— Christos ?

Il passa une main sur sa mâchoire. Il était sur les nerfs. Et pas seulement à cause de son grand-père. Cette femme à la voix de velours était également responsable de son état. Elle étendait ses filets sensuels pour le tenir dans son piège. Et plus il luttait, plus sa volonté d'acier était mise à mal.

Ce moment, juste avant qu'ils ne sortent de l'avion, avait amplifié le désir qu'il éprouvait pour elle. Il lui avait fait croire que ce n'était que machination pour convaincre Costas de la véracité de leur relation mais, en réalité, il avait perdu toute notion de temps et d'espace dès qu'il avait posé la main sur Alexis.

Tout comme cette nuit-là dans son canapé.

Au fond, peut-être avait-il eu tort de couper les ponts avec les femmes qu'il avait l'habitude de fréquenter. Mais n'aurait-il pas mis à jour son mariage blanc plus tôt s'il avait été vu en compagnie d'une maîtresse ? Sans même l'aide de Georgios ?

Le regard de Christos se posa sur la bague de fiançailles et l'alliance qu'Alexis portait aux doigts, puis sur le large anneau de platine qui entourait le sien.

— Mon grand-père sait que, de tout ce qu'il possède, Drakonisos est la seule chose que je désire.

— Cette île ? fit-elle en fronçant les sourcils.

— Oui. Et il semble déterminé à la mettre en jeu pour faire de moi ce qu'il veut.

— Pourquoi vous mettre en compétition, ton cousin et toi ? Je ne connais pas bien Costas, mais jamais je n'aurais pensé qu'il puisse s'amuser de votre rivalité.

La perspicacité d'Alexis le toucha profondément.

— Moi non plus. Ce qui signifie que Georgios a réussi à l'embobiner, ou alors…

— Ou alors l'état de santé de Costas est plus grave que prévu ?

— Oui, répondit-il. Je voudrais en discuter avec son médecin. Et si cela s'avère être le cas…

Il s'interrompit, ne sachant que dire. Son grand-père avait été un socle dans sa vie, une force formidable à laquelle il avait confié ses peurs les plus intimes lorsqu'il était enfant. C'est à la fin de son adolescence qu'ils avaient commencé à s'affronter, quand Christos avait déclaré qu'il suivrait sa propre voie et pas celle que son grand-père avait choisie pour lui. Mais, même alors, Costas était resté dans sa vie. Le vieil homme n'avait pas coupé les ponts avec lui comme ses propres parents l'avaient fait. Il ne l'avait jamais instrumentalisé comme un pion pour arriver à ses fins.

Pourquoi le faisait-il aujourd'hui ? Jusqu'ici, Costas avait toujours soutenu Christos. Bon sang, il avait fait plus que ça même ! Il l'avait revendiqué comme son héritier.

Le cœur de Christos se serra à l'idée que son grand-père puisse mourir. Il ne pouvait ni perdre Drakonisos ni le vieil homme qui y vivait. Serait-ce cela, l'amour familial ? Ce concept qui lui semblait si étranger jusqu'à maintenant ?

S'arrachant à ses sombres pensées, il se tourna vers Alexis et fut une fois de plus fasciné par sa beauté. Son visage, sa peau parfaite, ses yeux bruns mouchetés de fils d'or. Il connaissait la douceur de ses lèvres pulpeuses, la souplesse de ses hanches, la délicieuse sensation de son souffle chaud sur son visage. Quant à ses gémissements…

— Je vais appeler le médecin, fit-il brusquement. Le dîner sera servi tard ce soir. Tu as donc quelques heures devant toi.

Sur ces mots, il quitta la suite avant que la jeune femme ne devine son trouble.

Dieu merci, Christos ne croisa personne jusqu'à son bureau. Il lui fallut tout de même une minute avant de recouvrer son calme et sortir son téléphone de sa poche.

Vingt minutes plus tard, il avait ses réponses. Et un nouveau poids sur la poitrine. Costas avait un problème cardiaque, qu'il avait ignoré et minimisé depuis près d'un an. S'il n'était pas opéré dans les trois mois, son pronostic s'aggraverait irrémédiablement.

Christos ne s'aperçut qu'il était de retour dans sa suite qu'une fois devant la commode à liqueur de son salon privé. Il se servit un whisky d'une main tremblante et l'avala d'un trait. Après avoir reposé le verre, il appuya ses mains sur le meuble, essayant de calmer le tumulte de ses pensées.

Un parfum enivra soudain ses sens et il reconnut les effluves familiers de lilas et de Nag Champa qui s'accordaient si bien avec la légère brise de ce début de soirée. La première fois qu'il l'avait senti, Christos avait été tellement charmé qu'il avait cherché à connaître le nom de cette fragrance ainsi que sa composition. À présent, il savait que ces essences seraient toujours associées à Alexis Sutton.

— Te voilà de retour, dit-elle de sa voix douce et ferme qui lui évoquait immanquablement des pensées sensuelles.

Il se retourna et la vision qui s'offrit à ses yeux lui coupa littéralement le souffle.

Alexis était vêtue d'une robe à fleurs qui lui arrivait aux cuisses et dont les manches courtes et vaporeuses laissaient libres ses bras nus. Son regard glissa jusqu'aux jambes fines de la jeune femme et à ses pieds aux ongles parfaitement vernis. D'autres images s'imposèrent à lui. Ces mêmes jambes, entourant sa taille dans une étreinte intime plus délicieuse que toutes celles qu'il avait connues auparavant. Il releva la tête pour tenter d'échapper à ce supplice et contenir le désir fou qui montait en lui mais, en la voyant enrouler ses longs cheveux humides entre ses doigts, il faillit perdre tout contrôle. Elle venait de prendre une douche et il l'imagina, nue sous le jet d'eau chaude.

Conscient que son érection devenait dangereusement visible, il détourna le regard.

— Tu as du nouveau, fit-elle.

Ce n'était pas une question. L'espace d'une seconde, il se demanda s'il devait s'en agacer. Mais n'était-ce pas là le trait de caractère qu'il appréciait par-dessus tout chez son assistante ? La raison pour laquelle sa vie professionnelle se déroulait bien mieux qu'avant ?

Il se servit un autre verre et prit le temps de boire une gorgée avant de répondre. C'est alors qu'une pensée curieuse s'immisça dans son esprit. Voilà pourquoi il était revenu dans la suite : il savait qu'Alexis le questionnerait au sujet de son grand-père et qu'en lui répondant il se sentirait moins seul à porter ce fardeau.

Parce que c'était devenu leur habitude au fil des ans, il s'en rendait compte à présent. Sous couvert d'une conversation informelle, elle l'interrogeait au sujet d'une affaire sur laquelle il butait. Il lui répondait et, très vite, les énigmes se dénouaient. Elle quittait alors son bureau de sa démarche chaloupée et il la dévorait des yeux jusqu'à ce qu'elle disparaisse de sa vue.

Même s'il refusait de l'admettre, elle était devenue… vitale pour lui. Cela le rendait dépendant. Or la dépendance ne mène qu'à la déception. Voilà ce que son père lui avait martelé maintes et maintes fois. Quant à sa mère, après avoir été battue par son mari pendant des années, elle avait fini par abandonner son fils, le laissant sans défense et livré à lui-même.

— C'est un problème cardiaque, lâcha Christos d'un ton sec. Le moindre stress peut aggraver son état.

— Ne vaudrait-il pas mieux qu'il soit hospitalisé ? murmura Alexis sans cacher son inquiétude.

— Le seul traitement repose sur une opération… qu'il refuse apparemment, répondit-il, la gorge serrée.

— Mais… tu ne peux rien faire ?

Exactement la question que Christos avait posé au médecin de son grand-père.

— Je ne peux pas le forcer. Plus il reste au calme, moins la maladie évoluera.

Elle s'avança dans la pièce et ses cheveux se dénouèrent, libérant la masse lourde de ses mèches aux nuances châtaines qui brillaient dans la lumière déclinante du soleil.

— Mais il ne guérira pas pour autant…

— Les instructions qu'il a données à son médecin sont claires : je ne dois sous aucun prétexte chercher à le convaincre de se faire soigner. Il prendra une décision lui-même, après son anniversaire qui a lieu dans deux semaines.

— Mais c'est du chantage affectif !

— En quelque sorte, admit Christos avec un petit sourire. Il semble bien que Costas ait gagné cette manche. Et jusqu'à ce qu'il change d'avis, c'est lui qui mène la danse.

Il la vit hausser les sourcils. Elle le connaissait suffisamment pour savoir qu'il avait horreur d'être sous la coupe de quelqu'un.

Christos fit rouler ses épaules endolories par la tension accumulée au cours des derniers jours.

— J'ai besoin de prendre une douche. Puis il faut que j'aie une conversation avec mon grand-père.

Cette perspective ne le réjouissait guère. De toute façon, il pouvait compter sur les doigts d'une main les occasions qu'il avait eues de se réjouir dans la vie. La plupart d'entre elles avaient eu lieu quand il se trouvait seul et toujours en lien avec cette île. N'était-ce pas une des raisons pour lesquelles il tenait à ce point à acquérir Drakonisos ?

Alexis acquiesça et, pour la première fois ce soir, il crut lire un doute dans son regard. Comme si elle hésitait sur la façon de lui apporter son soutien.

De son côté, Christos savait de quoi il avait envie. Oublier les quarante dernières minutes et remonter le temps. Jusqu'où ? L'avion ? Non, plutôt cette soirée à Londres, deux mois auparavant. Il avait partagé un moment de plaisir intense avec Alexis et s'était senti… heureux. Il s'en rendait compte, à présent.

— Je te retrouve dès que j'ai terminé.

Sur ces mots, il la quitta pour se rendre dans la salle de bains. Une fois déshabillé, il entra dans la douche sans pour autant chasser Alexis de son esprit. Comme il aurait aimé s'emparer des lèvres douces de la jeune femme… Ce baiser lui aurait permis d'oublier que la vie de son grand-père était en jeu.

Incapable de se maîtriser davantage, il tourna le mitigeur du côté le plus froid pour calmer ses ardeurs.

Probablement au courant de la conversation que Christos venait d'avoir avec son médecin, son grand-père l'attendait de pied ferme. Et sa première salve fit vaciller son petit-fils.

— Je te demande pardon ? demanda celui-ci, choqué.

— Tu n'es pas sourd. Tu connais mon désir de te voir fonder une famille depuis que tu es enfant, Christos. Tu as jusqu'à la fête pour me convaincre que tu n'essaies pas de me tromper avec ton soi-disant mariage, sinon je cède Drakonisos à ton cousin. Lui a déjà une famille, après tout.

L'idée de perdre à la fois son grand-père et son île bien-aimée lui donna des sueurs froides, mais il refusa de se rabaisser devant le vieil homme.

— Je devrais peut-être te laisser faire et racheter ensuite l'île à Georgios, répliqua-t-il.

— Tu peux toujours essayer mais tu n'y arriveras pas. Mon testament tient compte de ce genre d'imprévus.

— Pourquoi me fais-tu ça, Pappou ?

— Tu oublies que j'ai été marié pendant près d'un demi-siècle, Christos. Je sais ce qu'est l'amour.

— Et donc en tripotant ma femme devant toi, je te prouverai que je ne mens pas ?

Aussi repoussants que ces mots puissent paraître, il ne put lutter contre la flamme de désir qui le traversa en les prononçant.

— Je ne suis pas grossier à ce point, répondit son grand-père en grimaçant. Mais tu ne peux pas nier que vous vivez séparément. Et le fait de vous voir tourner l'un autour de l'autre comme vous le faites me conforte dans l'idée que tout cela n'est qu'une mise en scène destinée à me rassurer.

Christos savait qu'il était inutile de discuter davantage avec Costas. N'était-il pas l'homme qui le connaissait le mieux au monde ?

Il n'y avait plus qu'une chose à faire : lui prouver qu'il avait tort. Et cette perspective avait quelque chose d'infiniment excitant.

De retour dans leur suite, Christos prit la main d'Alexis pour la conduire au salon.

— Costas est déterminé à ce que cette fête ait lieu.

— Tu n'as pas réussi à l'en dissuader ?

— Je n'ai même pas essayé, répondit-il avec un soupir. Quoi qu'il en soit, nous devons te préparer pour cette soirée.

— Me préparer ? répéta-t-elle, incrédule.

Il hocha la tête en direction du grand écran de télévision.

— J'ai engagé deux stylistes qui sont à ta disposition. Choisis ce que tu veux, sans tenir compte des dépenses.

— J'ai mes propres vêtements, Christos.

— En tant qu'assistante, tu disposes déjà d'un budget pour ta garde-robe. En quoi serait-ce différent si tu étais vraiment ma femme ?

— Très bien, allons-y alors, dit-elle en lui lançant un regard froid avant de s'installer sur le canapé.

Christos appuya sur la télécommande et la première styliste apparut sur l'écran.

— Cette jeune femme a besoin de vos services, Agatha. Alexis, sais-tu ce que tu voudrais ?

— Je préfère les robes du soir aux lignes épurées, murmura-t-elle d'une voix douce.

La styliste acquiesça, ravie. Elle claqua des doigts et une tringle à vêtements apparut à côté d'elle.

— Voici quelques pièces qui pourraient vous convenir. La tenue de soirée sera-t-elle de rigueur ?

Alexis lança un regard interrogateur à Christos, qui acquiesça avant de s'installer confortablement sur le canapé à côté d'elle. Contre toute attente, cette séance d'essayage l'intéressait au plus haut point.

— Ma femme prendra celle-là, intervint-il bientôt au sujet d'une robe turquoise qu'Agatha leur présentait. Ajoutez-la aux autres.

Sur l'écran, la styliste resta bouche bée. Elle ignorait jusqu'ici que Christos était marié.

Il prit la main d'Alexis dans la sienne pour la caresser tendrement.

— Elle te plaît, n'est-ce pas, ma chérie ?

— Elle est très belle, répondit-elle. J'étais sur le point de l'ajouter à la collection. Hum, puis-je voir celle d'à côté ?

Huit robes plus tard, Agatha fut congédiée avec pour instruction de faire envoyer les tenues à Drakonisos. La seconde styliste, Marlène, fut tout aussi enthousiaste et stupéfaite en entendant Christos parler d'Alexis comme de son épouse. Les paparazzis avaient renoncé depuis longtemps à fouiner dans sa vie personnelle. Au point que personne dans sa Grèce natale n'était au courant de ses noces.

Douze robes plus tard, Alexis parvint à libérer sa main de l'emprise de Christos.

— Je pense avoir maintenant tout ce qu'il me faut, murmura-t-elle.

— Parfait, madame Drakakis, fit Marlène. Et permettez-moi de vous féliciter à nouveau pour votre mariage.

— Merci, murmura la jeune femme en rougissant avant d'éteindre l'écran.

De nouveau seul avec Alexis, Christos ne put résister à la tentation de caresser les mèches douces de sa chevelure.

— Marlène est la reine des commères. La nouvelle de notre mariage aura fait le tour d'Athènes en moins d'une heure. Ce n'est pas plus mal. Il est temps de rattraper l'avance que Georgios a prise sur nous.

En la voyant se mordre la lèvre inférieure, il fut pris d'un désir violent.

— Tu la connais si bien que ça ? demanda-t-elle.

— Nous nous sommes croisés en de rares occasions. Mais j'aime bien te rendre jalouse, répondit-il pour la taquiner.

— Mais je ne le suis pas ! s'écria-t-elle en rougissant de plus belle.

Comme il aimait caresser sa joue tiède… Plonger dans son regard chaleureux, écouter son souffle se raccourcir. Ces signes discrets lui plaisaient infiniment. Le fait qu'Alexis ne tombe pas avidement dans ses bras comme toutes les femmes qu'il avait connues depuis son adolescence le rendait fou.

— Tu as l'air d'avoir un peu chaud, *glykia mou*. Et si nous allions nous baigner avant le dîner ?

— Bonne idée, un bain me ferait le plus grand bien.

Christos choisit la plus grande des deux piscines de la villa parce qu'elle donnait sur la suite de son grand-père. C'est du moins ce qu'il se dit vingt minutes plus tard lorsqu'ils s'arrêtèrent près de deux transats et qu'il prit la main d'Alexis pour la porter à ses lèvres.

Quand elle tenta de s'écarter, il resserra sa prise.

— Arrête ! Costas va nous voir, fit-elle. Ce n'est pas le moment de nous donner en spectacle…

Christos l'interrompit en passant son pouce sur ses lèvres.

— Au contraire, *yineka mou*.

— Christos…

— Tu as envie de m'embrasser, avoue-le…

— Ne sois pas ridicule !

Un sourire fendit le visage de Christos, et Alexis fut incapable de protester. Elle ne pouvait détacher les yeux de ceux de son époux, rivés sur ses lèvres. Bien sûr, tout cela n'était qu'une mise en scène mais chacune des sensations qui la parcouraient était plus vraie que nature. Depuis la pointe durcie de ses tétons jusqu'à la chaleur qu'elle sentait monter entre ses cuisses.

Jamais elle n'avait ressenti un besoin aussi urgent, aussi intense. C'en était presque… effrayant. Parce que si la simple promesse d'un baiser provoquait cet effet, qu'en serait-il du reste ?

Il effleura ses lèvres des siennes une fois, deux fois, puis il s'en empara dans un baiser si fougueux qu'elle s'accrocha à lui, de peur que ses jambes ne la soutiennent plus. Chacun des coups de langue de Christos l'emportait au paradis.

Elle ne put réprimer un gémissement auquel il répondit en grognant. Il l'attira contre lui et, passant ses bras autour de sa taille, la souleva de terre. Elle perdit tout sens de la réalité, ses seins lourds de désir plaqués contre le torse de Christos.

— *Thee mou*, souffla-t-il dans un râle.

Que leur arrivait-il ? Il fallait qu'ils se reprennent avant qu'il ne soit trop tard. Mais déjà, les mains de Christos agrippaient fermement ses fesses. Elle sentit sa puissante érection palpiter contre elle, déclenchant des vagues de chaleur inconnues jusqu'alors.

— Même si j'adore la sensation de tes ongles qui s'enfoncent dans ma peau, nous risquons de nous afficher scandaleusement si nous ne nous contrôlons pas, murmura-t-il soudain à son oreille.

Il avait raison. Elle avait totalement perdu la notion du temps et de l'espace, ne pensant qu'à satisfaire la faim qui la tenaillait. Au-delà de ça, elle ressentait comme un besoin d'appartenance, la nécessité de s'accrocher à lui et de ne plus le lâcher, ne serait-ce qu'une seconde.

Elle avait dû renoncer à tant de choses dans sa vie… Dès son plus jeune âge, les religieuses de la Maison de l'espoir ne l'avaient-elles pas incité à se montrer prudente en matière de relations humaines ?

Tu es dans un orphelinat. Rien n'est permanent. Ne t'attache pas.

Ces avertissements l'avaient empêchée de créer des liens tout au long de son enfance. Et en effet, toutes les fois où elle avait choisi de les ignorer, son cœur s'était brisé en même temps que ces amitiés fragiles qui n'avaient pas eu le temps de se consolider. Quoi de plus normal ? Une fois accueillis dans leur nouvelle famille, les enfants n'avaient plus un regard pour l'orphelinat. Elle ne le savait que trop bien, ayant par deux fois manqué d'être adoptée avant de retourner à la Maison de l'espoir, car la procédure n'avait finalement pas abouti.

— Est-ce qu'il t'a fait ça, lui aussi ?

Elle cligna des yeux, tentant de reporter son attention sur le visage magnifique de Christos. *Son mari.*

— West, ajouta-t-il d'une voix sombre. As-tu ressenti la même chose dans ses bras ?

Surprise et troublée d'entendre le nom de famille d'Adrian dans la bouche de Christos, elle s'écarta pour tenter de recouvrer ses esprits et, prenant place dans l'un des transats, elle se servit un verre.

— À mon tour de te demander si tu es jaloux.

Il ne répondit pas avec la même désinvolture qu'elle. Au lieu de cela, il s'installa dans l'autre chaise longue et prit à son tour un verre qu'il contempla quelques instants.

— Tu m'as démontré à plusieurs reprises que tu étais douée pour juger les gens. Ce qui me fait me demander ce qui a pu se passer avec lui.

— Tu penses que j'étais si aveuglée par l'amour que j'en ai oublié mon bon sens ? répliqua-t-elle d'une voix glaciale.

Le visage de Christos se crispa.

— Tu étais… amoureuse de lui ?

Au fond d'elle, elle avait honte d'avoir perdu la tête pour un bonimenteur. Mais après tout, qu'avait-elle fait de mal ? Elle fixa Christos d'un air de défi.

— J'ai cru que nous avions… un lien. Que je pouvais lui faire confiance. La suite m'a prouvé que j'avais eu tort.

— Il t'a trahie, déclara-t-il avec une conviction qui la stupéfia.

— Oui…

— De quelle manière ? insista-t-il sans la quitter des yeux.

— Je ne vois pas en quoi c'est important pour toi de le savoir.

Le regard de Christos braqué sur elle la mit mal à l'aise. Allait-il deviner sa honte ? Comment la jugerait-il après cela ?

— Eh bien, je ne veux pas que cet homme puisse avoir une influence sur ce que tu éprouves pour moi. Parle-moi, Alexis.

— Adrian était associé junior lorsque nous nous sommes rencontrés. Il avait besoin d'une assistante compétente et prête à s'impliquer. Un soutien qui l'aiderait à gravir les échelons du cabinet.

— Il a repéré ton talent et l'a exploité à ses propres fins.

Elle pâlit à cette évocation.

— Quelque chose comme ça, oui. J'ai mis de côté mes études de juriste pour l'aider à atteindre ses objectifs. Je lui ai donné tout ce qu'il demandait, me persuadant que cela n'avait pas d'importance qu'il veuille garder notre relation secrète. Et puis, la semaine où il est devenu associé, j'ai découvert qu'il était fiancé de longue date. Nous en avons discuté et…

— Et ?

— Il a déclaré que je m'étais monté la tête toute seule, que je n'étais qu'un passe-temps pour lui. Je n'avais rien de spécial.

Elle jeta un regard furtif vers Christos et retint son souffle en voyant son expression livide.

— Rien de spécial ? Tu ne l'as pas pris au sérieux, j'espère ?

Elle détourna les yeux, le souvenir indélébile d'avoir été rejetée à sa naissance refaisant surface malgré elle.

— Non, évidemment.

Il prit doucement son menton et dirigea à nouveau son regard vers le sien.

— Tu ne dois rien croire de tout cela, Alexis. Les manipulateurs comme ce type ne valent rien. Mais son échec me réjouit car il m'a permis de mettre la main sur un trésor.

Profondément troublée par ces mots qui apaisaient si efficacement sa souffrance, Alexis s'écarta de Christos pour marcher jusqu'au bord de la piscine. Elle devait à tout prix résister au vertige qui la gagnait.

Après un plongeon parfaitement exécuté, tout ce qu'elle ressentit en glissant dans l'eau fraîche fut un frisson d'excitation délicieuse.

7.

Après s'être séché les cheveux, Alexis se dirigea vers le vaste dressing et s'arrêta devant les portes-fenêtres qui menaient à sa terrasse privée, éblouie par le jeu de lumières dorées qui se reflétait sur les eaux turquoise.

Elle sortit et huma l'air aux effluves de sel, d'agrumes et de soleil, espérant calmer le tumulte qui régnait en elle.

Christos ayant disparu après leur discussion au bord de la piscine, elle avait passé un moment dans une des bibliothèques de la villa avant d'aller marcher sur la plage.

Elle était à la fois soulagée et inquiète d'avoir fait ces révélations à Christos. Et qu'importe si elle se sentait vulnérable après avoir laissé éclater sa souffrance. Après tout, que pouvait-il faire de ces informations ? Ses émotions n'avaient pas affecté son travail jusqu'à maintenant et il n'y avait pas de raison que cela change.

Alexis se répéta ce mantra tout en s'habillant. Elle opta pour une robe blanche serrée à la taille par une large ceinture noire et d'élégants talons compensés de la même couleur. Pour ajouter une touche de gaieté, elle choisit le collier et les boucles d'oreilles en jade qu'elle s'était offerts à Noël. Un peu de gloss, une touche de parfum et elle était prête.

En bas, une femme de chambre l'invita à rejoindre la terrasse préférée de Costas, située juste en dessous de sa suite. Alexis se doutait que Christos avait rejoint son grand-père pour partager un apéritif à l'ouzo avant le dîner.

Sur la petite esplanade accueillante, un chandelier orné de

bougies et posé sur une table joliment dressée diffusait une douce lumière. Avant qu'ils ne la voient, Alexis marqua une pause, fascinée une fois de plus par la ressemblance entre ces deux hommes absorbés dans leur discussion.

Malgré les tensions qui les opposaient, ils formaient une famille. Ils avaient un lien qu'elle n'avait jamais connu et toujours désiré.

Créer cela avec Christos relevait de l'impossible, elle le savait. D'ailleurs, n'avait-il pas été clair sur le fait que tout ce qui se passerait entre eux serait purement physique ? Quant à leur arrangement, il prendrait fin dès l'instant où Christos obtiendrait Drakonisos.

Et pourtant, les petits papillons dans son ventre reprirent leur vol à l'instant où elle posa les yeux sur lui. Elle tourna son attention vers son grand-père. Costas avait l'air plus en forme que cet après-midi. Le sourire en coin qu'il affichait et qui rappelait tant Christos à Alexis semblait plus naturel. Était-il tranquillisé, maintenant qu'il avait ce qu'il voulait ?

Consciente qu'elle risquait de paraître impolie si elle tardait davantage, elle s'avança vers eux. Christos tourna la tête et la fixa longuement avant de se lever pour tirer une chaise devant elle.

— Te voilà ! J'étais sur le point de partir à ta recherche.

— Je l'en ai dissuadé, ajouta sèchement Costas. Je ne voulais pas prendre le risque qu'il se laisse à nouveau distraire et que je finisse par dîner seul.

Comprenant l'insinuation, Alexis sentit une chaleur intense monter jusqu'à ses joues, qui s'accentua lorsque Christos les effleura d'un léger baiser en guise de salutation.

— Je te préviens *glykia mou*, il est d'une humeur de chien.

Elle se força à sourire et prit place, troublée par le parfum viril de Christos qui flottait autour d'elle.

— Bonsoir, Costas. Je suis désolée de vous avoir fait attendre.

— Ce ne sera pas la première fois, répondit le vieil homme

en haussant les épaules. Ma défunte épouse avait coutume de dire que j'aurais tout à gagner en apprenant la patience.

— Un verre de vin ou peut-être de l'ouzo ? demanda Christos en s'asseyant à son tour.

Elle aurait préféré se contenter d'un verre d'eau après les émotions intenses de la journée mais le regard des deux hommes braqué sur elle lui fit comprendre que ce n'était pas une option.

— Un peu d'ouzo, merci.

Le regard de Costas s'illumina et il se cala plus profondément dans son fauteuil.

— *Kalos*. J'ai une distillerie à deux îles d'ici. On vient de m'envoyer cette bouteille. Dites-moi ce que vous en pensez, acheva-t-il en versant une lampée de liquide blanc dans un verre en cristal.

Alexis remarqua la petite étiquette au sigle de Drakonisos qui ornait la bouteille. Elle but une gorgée et les saveurs d'anis et de cardamome explosèrent sur sa langue, révélant toute la richesse de leurs arômes.

Elle avait souvent goûté à l'ouzo lors de réceptions avec Christos mais jamais de cette qualité.

— C'est le meilleur que j'aie bu de ma vie, déclara-t-elle avec sincérité.

Costas lui adressa un sourire rayonnant et, lorsque Christos fit de même, elle sentit une chaleur envahir tout son corps.

Elle tenta de siroter le breuvage mais lorsque le premier plat de feuilles de vigne farcies et de poivrons grillés fut servi, Costas lui en proposa un deuxième verre.

Selon un accord tacite, ni Christos ni elle ne fit mention de la maladie de Costas. Au lieu de cela, ils évoquèrent longuement sa compagnie maritime, Alexis notant qu'à chaque fois que le nom de Georgios était prononcé, Christos se raidissait.

— J'imagine que vous attendez cette fête avec impatience ? dit-elle au vieil homme alors qu'ils entamaient le plat principal, une moussaka servie avec une salade de tomates et feta.

— Cela promet d'être intéressant, répondit-il d'une voix grave et profonde qui serait sans doute celle de Christos dans quelques d'années. Certains s'interrogent encore sur la raison pour laquelle mon petit-fils a choisi de se marier en secret sans présenter sa femme aux autres membres de la famille.

Pourquoi avait-elle soudain le sentiment d'être tombée dans un piège ? Elle tourna la tête vers Christos, le cœur battant, mais celui-ci évita son regard pour se concentrer sur Costas.

— La personne la plus importante de ma famille a déjà rencontré ma femme, déclara-t-il. Ce que je fais de ma vie ne concerne pas les autres.

Costas haussa les épaules mais Alexis perçut une note de mélancolie dans son regard.

— Je ne fais que relayer ce qu'on me dit. Ta mère, en particulier.

Christos s'immobilisa, les traits tendus.

— Mes allées et venues ne sont pas un secret d'État.

— Peut-être pensait-elle qu'elle ne serait pas la bienvenue, répliqua Costas.

Christos jeta sa serviette sur la table et saisit son verre de merlot qu'il fit tourner lentement.

— Si elle s'attend à un accueil chaleureux, je crains qu'elle ne soit déçue.

Hormis une légère grimace, Costas ne montra aucun signe de déception en entendant la réponse de son petit-fils.

— Et en ce qui concerne ton père, ce sera la même chose ?

— Absolument, répondit Christos d'une voix plus glaciale encore.

Costas porta son regard vers l'horizon.

— Tu as hérité de mon fichu caractère et surtout de mon entêtement. Si j'ai un conseil à te donner, c'est d'en limiter les séquelles.

— Est-ce ta façon de m'annoncer que mes parents seront présents à la fête ?

— Ton père est mon fils. Je ne peux pas lui interdire d'y assister.

Christos leva un sourcil moqueur.

— Tu espères me faire croire que tu n'as aucun contrôle sur ta liste d'invités ?

— Bien sûr que non, répliqua son grand-père en lui adressant un sourire de prédateur. Mais si j'avais refusé à mon propre fils l'accès à mon anniversaire, cela aurait fait jaser beaucoup trop de monde.

— Tu vis sur une île privée et tu décides qui y met les pieds. Depuis quand t'intéresses-tu aux ragots qui circulent en ville ?

— Depuis qu'ils influencent le cours des actions de la société. Je te rappelle que tu en es l'un des actionnaires principaux. Cela devrait donc te concerner également.

Alexis hocha la tête. L'argument du vieil homme était solide. Et en tant qu'avocat de premier ordre, Christos ne pouvait que le reconnaître : toute rumeur de crise au sein de la famille Drakakis aurait forcément des répercussions publiques et financières.

Un silence pesant s'installa autour de la table, heureusement interrompu par l'arrivée d'un serveur portant un plateau de café. Alexis en profita pour tenter de s'échapper.

— J'ai bien peur de devoir décliner. J'ai déjà bu deux cafés et un de plus me tiendrait éveillée toute la nuit.

Christos leva les yeux vers elle et elle surprit dans son regard une lueur chaleureuse.

— Je te rejoins dans quelques minutes. Et je pense que nous n'aurons pas de mal à trouver comment dissiper toute l'énergie accumulée aujourd'hui.

L'allusion sexuelle à peine voilée la fit rougir violemment.

— C'est rafraîchissant de voir que tu peux encore faire rougir ton épouse, enchaîna Costas d'un air gentiment moqueur.

— Je reconnais que c'est plutôt plaisant, acquiesça Christos.

— Je vous laisse sur ces belles paroles, murmura Alexis en se levant. Bonne nuit.

Costas lui fit un signe de la tête tandis que Christos se contenta de la fixer et elle sentit son regard brûlant dans son dos jusqu'à ce qu'elle franchisse les portes de la terrasse.

Elle avait l'intention de se coucher immédiatement afin d'être endormie quand il la rejoindrait dans la chambre. Elle se dépêcha donc de faire sa toilette, enfila une chemise de nuit en satin et se glissa avec délices sous les draps luxueux. Mais une heure plus tard, les yeux grands ouverts et le cœur battant, elle écoutait malgré elle les bruits en provenance de l'extérieur.

En entendant Christos tourner la poignée de la porte, elle ferma les yeux. Au cours des dix minutes suivantes, elle perçut ses déplacements à travers la suite jusque dans son dressing et son cœur s'emballa à nouveau en l'imaginant se déshabiller. Son trouble était tel qu'elle ne se rendit pas compte tout de suite de ce qui se passait. Ce n'est que lorsqu'elle sentit une pression sur le matelas qu'elle se retourna et s'aperçut qu'il s'était glissé à côté d'elle, vêtu d'un simple bas de pyjama en soie noire.

— Que fais-tu ? murmura-t-elle, la gorge sèche.

Il s'immobilisa, sourcils froncés. Ses cheveux en bataille lui donnaient un air voyou terriblement séduisant.

— Cela me semble évident, *yineka mou.*

— Mais… tu dors sur le canapé, normalement quand nous sommes ici, fit-elle le souffle court.

Visiblement, ce n'était pas l'intention de Christos car il prit la pile d'oreillers et les jeta sur le sol en en gardant un seul. Les muscles saillants de son torse donnèrent immédiatement envie à Alexis de le toucher, comme à la piscine tout à l'heure.

— Je croyais que nous avions établi un nouveau plan d'action, répliqua-t-il.

— Oui, mais je ne pensais pas que tu… t'inviterais jusque dans mon lit.

Pourquoi avait-elle autant de mal à articuler ? Et cette chaleur qu'elle sentait monter entre ses jambes. Comme un besoin urgent…

— Techniquement, c'est aussi le mien. Mais tu peux te détendre, Alexis. Je n'ai aucune intention de te sauter dessus.

Je meurs d'envie que tu le fasses…

Elle s'efforça de ne pas rougir tandis que Christos, allongé les bras croisés derrière la tête, regardait le plafond d'un air soucieux. Mon Dieu, comme s'il n'avait pas d'autres préoccupations ! Et elle qui perdait la tête, gagnée par un désir qui menaçait de la rendre folle d'une seconde à l'autre.

Vite, elle devait penser à des choses sérieuses. Surtout rien de sexy. Hélas, son cerveau était incapable de réfléchir, envoûté par le corps puissant de l'homme allongé à côté d'elle.

Que faire ? Lui tourner le dos ?

— Dormir sur le canapé n'est plus au programme, reprit-il en tournant la tête vers Alexis. Pas depuis notre discussion de cet après-midi. Et puis, si je ne me trompe, tu ne bouges pas la nuit. Ma présence ne devrait donc pas te déranger.

— Dois-je m'inquiéter du fait que tu connaisses mes habitudes de sommeil ?

Les dents blanches de Christos brillèrent dans l'obscurité.

— Je suis observateur, voilà tout.

Alexis savait qu'il était aussi d'une telle intégrité que jamais il ne s'imposerait sans être entièrement désiré.

Et c'était bien là le problème. Car elle ne pouvait refouler cette flamme qui la gagnait dès qu'il était en sa présence. L'avoir dans son lit – dans leur lit – constituait une tentation à laquelle elle n'était pas sûre de pouvoir résister.

— Tu réfléchis trop, *matia mou*, poursuivit Christos avant de tirer fermement le drap sur son torse. À ce rythme-là, ce n'est pas le café qui te tiendra éveillée mais toutes les pensées qui se bousculent dans ta tête.

Le lit était bien assez large pour eux mais elle attrapa le plus gros des oreillers et le cala résolument entre eux. Comme si cela pouvait la protéger. Comme si son parfum viril ne menaçait pas de faire chavirer ses sens.

Elle resta sans bouger un temps qui lui parut infini, tentant de contrôler ses esprits. Ce n'est qu'en entendant le souffle régulier et profond de Christos qu'elle se détendit. Prenant une grande inspiration, elle poussa l'oreiller et tourna la tête vers lui.

Mon Dieu, il était d'une beauté à couper le souffle. Une sculpture vivante de la Grèce antique, mélange d'arrogance, d'élégance et de maîtrise. Même endormi, il dégageait une force redoutable, ses pommettes jetant des ombres nettes qu'atténuaient le balayage de ses longs cils et la courbe douce de ses lèvres charnues.

Des lèvres qu'elle avait goûtées. Qu'elle voulait goûter à nouveau.

Elle soupira et se tourna sur le côté. À l'écart de la tentation.

Alexis ouvrit les yeux, aveuglée par la lumière du soleil. Il lui fallut un moment pour comprendre que c'était l'ouverture télécommandée des rideaux qui l'avait réveillée. Ainsi que le léger coup frappé à la porte.

Un peu étourdie, elle aperçut Christos qui traversait la pièce. La vision de son dos nu raviva les souvenirs de la nuit passée, faisant naître en elle une douce chaleur coupable. Il ouvrit la porte et laissa entrer une femme de chambre qui portait un plateau de petit déjeuner bien garni.

Alexis resta figée, prenant conscience que c'était la première fois qu'elle passait une nuit entière dans le même lit qu'un homme, même sans avoir couché avec lui : Adrian trouvait toujours une excuse pour partir avant l'aube, sans doute pour retrouver sa fiancée.

Christos se tourna, exposant son torse sculpté à la lumière du soleil. Il remercia la femme de chambre et se saisit du plateau.

Elle détourna les yeux lorsqu'il s'approcha de son côté du lit.

— Il va falloir que tu lâches cet oreiller et que tu sortes de sous les couvertures si tu veux un petit déjeuner, dit-il, le regard moqueur.

Un sourire ravageur aux lèvres, il attendit qu'elle s'assoie et remonte la couverture sur sa poitrine pour poser le plateau sur ses genoux.

Elle parvint à verser deux tasses de café sans en renverser et elle lui en proposa une qu'il accepta en venant s'asseoir à côté d'elle.

— Quelle heure est-il ? Et pourquoi ne prenons-nous pas le petit déjeuner en compagnie de ton grand-père ?

— Il est un peu plus de 9 heures et je me disais que nous réveiller en tête à tête serait plus agréable.

Troublée, Alexis entreprit de changer de sujet :

— Quand nous aurons terminé, j'irai faire un tour dans le bureau pour vérifier s'il n'y a pas une affaire urgente à traiter qui nécessiterait ton…

Christos l'interrompit en posant un doigt sur ses lèvres, ce qui fit monter en elle une nouvelle vague de chaleur.

— Ce ne sera pas nécessaire. J'ai déjà pris contact avec le bureau. La seule priorité concerne le rapport de notre enquêteur sur le cas de Demitri. Il sera prêt cet après-midi. Mais l'affaire pourrait bien être bouclée avant la fin du week-end.

— Comment ça ?

— Son ex-femme semble prête à accepter notre offre, répondit-il, le visage tendu.

— Elle abandonnerait son propre enfant contre de l'argent ?

— Tu serais surprise de voir à quel point l'argent et le pouvoir peuvent influer sur l'amour maternel.

Alexis leva les yeux vers lui, frappée par l'amertume dans sa voix. Christos avait la même expression sombre que la veille, accentuée par l'ombre de sa barbe naissante.

— Est-ce que… tes parents… ?

Le regard froid et prévenant qu'il lui lança lui fit perdre le fil de ses paroles.

— Je ne souhaite pas débuter notre journée par un sujet aussi pénible. Je voulais simplement te dire que j'ai allégé l'agenda des prochains jours ; donc, sauf circonstances imprévues, tu es libre d'utiliser ton temps comme il te plaira.

— Oh… je… merci.

— Tu sembles déçue.

Elle secoua la tête, quelque peu confuse.

— Ce n'est pas ça. Simplement, je n'ai pas pris de vacances depuis si longtemps que je ne sais pas quoi faire de mon temps libre.

Pourquoi avait-elle dit ça ? Il allait sûrement la trouver pathétique.

— Tu n'essaies pas de me dire que ton patron est un tyran, au moins ? fit-il en mordant dans une pêche juteuse.

Elle résista à l'envie de l'embrasser en le voyant dévorer son fruit.

— Je n'ai jamais dit ça !

— Tant mieux. Tu connais à peine l'île alors que nous venons pour la troisième fois. Nous allons remédier à ça.

— Je peux me promener toute seule. Tu n'es pas obligé de venir.

Il baissa son regard gris acier sur elle.

— Ma présence t'affecte tant que ça ?

— Bien sûr que non, mentit-elle.

— Alors c'est réglé !

Sur ces mots, il lui tendit son assiette. Ils passèrent le reste du petit déjeuner à discuter de leur sortie, et Christos indiqua ensuite par téléphone au personnel le lieu où leur pique-nique devrait être installé.

Après avoir raccroché, il lui jeta un regard brûlant.

— Maintenant que nous avons partagé le même lit, ce ne sera plus un sujet, n'est-ce pas ?

— Je suppose que non, répondit-elle, troublée.

— J'adore te voir rougir, *matia mou*. Je suis presque tenté de tester les limites de ton innocence.

— Je ne suis pas innocente. Ne joue pas avec moi, s'il te plaît.

— Jouer est la dernière chose à laquelle je pensais, murmura-t-il, le regard voilé.

— Christos…

Une tempête d'émotions la submergea, l'empêchant de reprendre son souffle. Il dirigea lentement ses doigts vers sa bouche, caressant de son pouce sa lèvre inférieure, comme il l'avait fait la veille.

— *Ne*, poursuivit-il, l'air satisfait.

Puis il s'écarta soudain et se leva.

— Je t'attends en bas des escaliers dans une demi-heure.

Quand elle eut repris ses esprits, Alexis sauta dans la douche puis enfila un bikini orange foncé sous une robe bain de soleil blanche. Elle opta pour des sandales à petits talons, accrocha ses cheveux en queue-de-cheval et choisit quelques bijoux fantaisie. Dans son sac de plage, elle glissa sa crème solaire, un gloss et au dernier moment, sa tablette.

Christos l'attendait comme prévu devant la villa, au volant d'une élégante voiture de golf noire. Il avait les cheveux humides. S'était-il douché lui aussi tandis qu'elle s'habillait dans son dressing, anxieuse à l'idée de savoir quoi porter pour cette journée de détente avec… son mari ?

Elle croisa son regard et s'aperçut qu'il la fixait avec la même attention. Sa robe était peut-être un peu trop transparente et courte…

— Monte, Alexis, ordonna-t-il d'une voix grave qui la fit frémir.

Ils prirent la direction du nord, vers la zone la plus dense de l'île. Christos lui montra les oliveraies qui fournissaient autrefois la villa en huile et qui faisaient partie à présent du domaine des chevaux andalous de Costas. Puis ils s'engagèrent sur la route escarpée qui menait aux falaises.

— Au coucher du soleil, la forme des rochers et de la plage ressemble à un dragon qui crache du feu. C'est de là que l'île tient son nom.

— Tu as passé du temps ici quand tu étais enfant, n'est-ce pas ?

— C'est un lieu idéal pour s'abandonner aux rêveries, avoua-t-il, un sourire aux lèvres.

Elle essaya de l'imaginer à l'époque, garçon solitaire qui se réfugiait dans cet endroit magique dès qu'il le pouvait. N'avait-elle pas fait de même dans son petit lit de la Maison de l'espoir ? S'inventant une famille imaginaire pour échapper à cette solitude qui la tourmentait sans cesse.

— Ton grand-père t'accompagnait-il ?

Il mit quelques instants avant de répondre, les yeux plongés dans l'immensité de la mer.

— Pas souvent. Il était très préoccupé par l'état de santé de ma grand-mère. Mais il a tenu à ce que je sache nager avant de m'aventurer seul sur l'île, c'est pourquoi il m'en a lui-même appris dans la piscine.

Elle savait que, après leur conversation de la veille et le regard qu'il avait ce matin, elle aurait dû s'abstenir, mais les mots lui échappèrent :

— Où étaient tes parents ?

Le regard de Christos s'assombrit.

— Occupés à jouer le mélodrame de leur divorce sanglant.

Soudain, tout devint clair dans l'esprit d'Alexis.

— C'est pour cela que tu t'es spécialisé en droit matrimonial…

Il se tourna vers elle, et elle sut que le mépris glacial qu'elle lisait dans ses yeux ne lui était pas destiné.

— Oui. Agios et Nadia Drakakis se sont séparés lorsque j'avais cinq ans. J'ai d'abord vécu avec ma mère, puis avec mon père. Leur divorce a traîné dix ans. Et quand ils n'étaient pas occupés à s'entretuer, ils m'utilisaient comme un pion dans leurs petits jeux mesquins.

— De quelle façon ?

Il haussa les épaules.

— Mon père m'annonçait en milieu d'année que j'allais changer d'école, seulement parce que ça bouleversait ma mère. Quant à elle, elle me retirait sans prévenir de ma nouvelle classe pour partir en vacances un mois afin de se venger de lui. Alors il trouvait d'autres manières de la rendre folle. Un jour, j'ai eu le malheur de lui dire que ma mère aimait que je garde mes cheveux longs. Il a sorti sa tondeuse dans l'heure qui a suivi. Sans se soucier de ce que j'en pensais, poursuivit-il, les lèvres pincées à l'évocation de ce souvenir. Venir ici à Drakonisos était mon seul répit. L'unique endroit où je me sentais en sécurité.

Émue, Alexis posa sa main sur celle de Christos pour la caresser doucement.

— Je suis désolée, murmura-t-elle.

Il fixa à nouveau l'horizon. Le silence régna quelques minutes de plus avant qu'elle ne se risque à poser une nouvelle question.

— Où était ta grand-mère ?

Un éclair de tristesse traversa le visage de Christos.

— Ici, à Drakonisos. Mais elle n'a guère eu le temps de profiter de l'île. Costas l'a achetée pour elle peu après qu'on lui diagnostique une maladie incurable.

— Je suis navrée. Je ne voulais pas te rappeler ces souvenirs douloureux.

— C'est bien que tu en saches un peu sur mon passé, répondit-il en haussant les épaules. Ça rendra notre histoire plus crédible.

Il avait raison. En aucun cas elle ne devait oublier leur faux mariage – la seule raison de sa présence ici.

Le silence se fit à nouveau entre eux. Plus pesant, plus long. Maintenant au moins, Alexis savait pourquoi Christos tenait tant à posséder cette île.

— Viens, dit-il soudain. J'ai autre chose à te montrer.

Elle saisit la main qu'il lui tendait et le suivit. Mais en remontant dans la voiture, une pensée l'attrista : en dépit du fait qu'elle faisait partie de la vie professionnelle de Christos et qu'elle était sa prétendue femme, il la tenait à distance comme tous les autres.

Pourquoi ferait-il une différence ? Tu n'as rien de spécial.

Après tout, elle avait toujours été une laissée-pour-compte. Rejetée par sa mère dès la naissance, puis trompée par son premier et unique amant. Même si ce souvenir lui faisait mal, Alexis en avait besoin pour reprendre contrôle. Se dire que ce qu'elle vivait en ce moment n'était qu'une période fugace de sa vie qui tomberait bientôt aux oubliettes.

Ils poursuivirent vers le nord et, quand Christos arrêta la voiture, elle l'accompagna jusqu'au bord d'une falaise abrupte qui surplombait une plage magnifique.

— Quelle merveille ! s'exclama-t-elle. Y a-t-il un moyen de descendre ?

Il acquiesça, et une rare douceur s'empara de ses traits.

— J'ai creusé des marches dans la roche quand j'avais quatorze ans, répondit-il avant de montrer du doigt les falaises en contrebas où se brisaient les vagues déchaînées. Avant cela, je passais par là.

Alexis blêmit en regardant le chemin escarpé.

— Ça a l'air terriblement dangereux.

— Le danger n'est pas un sujet quand on se croit invincible. Mais effectivement, ces marches ont épargné quelques cheveux blancs à ma grand-mère.

Il prononça ces mots avec une telle tendresse qu'elle leva les yeux vers lui.

— Elle te manque beaucoup ?

— Oui, avoua-t-il. Tu sais maintenant une chose de plus à mon sujet, au cas où ça te serait utile…

— Je préfère apprendre à te connaître par moi-même plutôt que d'énumérer ce que j'ai appris comme une leçon, répliqua-t-elle, contrariée.

Il lui jeta un regard perçant.

— Tu crois que je ne suis pas sincère ? Ou bien est-ce ta façon de me montrer que tu veux me connaître plus intimement ?

— Ce n'est pas ce que j'ai dit ! s'exclama-t-elle.

— Tu as peut-être raison. Nous devrions sans doute examiner la question sous un angle différent.

— Que veux-tu dire ?

Pendant un moment, elle fut terrifiée à l'idée qu'il annule tout. Pas seulement parce qu'elle ne pourrait pas sauver la Maison de l'espoir. Cette crainte était plus profonde : celle de ne pas obtenir ce qu'elle voulait… sans savoir quoi exactement.

Mais la réponse de Christos la laissa sans voix.

— Pour que notre histoire soit authentique, il est temps que tu sois vraiment ma femme. Et pas seulement sur le papier.

8.

Stupéfaite par ce qu'elle venait d'entendre, Alexis tenta de s'écarter de Christos, mais il la retint par le bras.

— Tu as besoin de temps pour y réfléchir.

— Non.

Il attendit une seconde avant de répéter, l'air étonné.

— Non ?

— Je n'ai pas besoin d'y réfléchir. La réponse est non, répliqua-t-elle d'une voix légèrement tremblante.

— Tu as peur. Pour quelle raison ?

— Parce que c'est absurde !

— Tu penses pouvoir lutter contre l'alchimie qui existe entre nous ?

Elle lui en voulait d'avoir mis le doigt sur le problème. Évidemment, il savait qu'elle était follement attirée par lui. Comment pourrait-il l'ignorer ? Mais le fait qu'il veuille passer à l'acte ne signifiait pas qu'elle devait céder à la tentation.

— Aujourd'hui, demain ou dans un mois, ma réponse sera la même, annonça-t-elle tout en sentant sa volonté vaciller. Je ne suis pas intéressée.

Il la fixa d'une expression à la fois incrédule et moqueuse.

— Prouve-le, railla-t-il après un laps de temps qui lui parut interminable. Si tu es si persuadée que tout cela ne compte pas pour toi, quel est le risque ? Après tout, m'utiliser pour ton plaisir serait pour toi une façon de te venger des hommes.

— Je ne déteste pas tous les hommes simplement parce que l'un d'eux m'a fait du mal, murmura-t-elle.

Aïe. Ne venait-elle pas de se piéger elle-même ?

— Je suis heureux de l'apprendre, dit-il en lui adressant un sourire ravageur. C'est ta chance, Alexis. Vas-tu la saisir ?

La chaleur qu'elle lut dans son regard eut raison de toutes ses défenses. Sans doute allait-elle le regretter mais rien ne pourrait l'empêcher d'agir. Elle enlaça Christos et se hissa sur la pointe des pieds pour s'approcher de ses lèvres sensuelles.

À leur contact brûlant, elle gémit et il répondit par un râle en la serrant contre lui. Ils étaient affamés l'un de l'autre après des mois entiers de frustration contenue. Avide de le goûter, elle caressa avec audace sa langue, puis elle passa la sienne sur sa lèvre inférieure tout en enfonçant ses ongles dans la peau chaude de Christos. Elle crut défaillir de plaisir lorsque sa puissante érection pressa contre son ventre. Et quand il prit un de ses seins dans la main en s'attardant sur son téton, elle ne put s'empêcher de crier.

Il étouffa sa plainte d'un baiser plus profond, puis déplaça ses lèvres pour l'embrasser dans le cou. La bretelle de son soutien-gorge était tombée et une douce brise souffla sur sa poitrine.

— Christos ! gémit-elle comme il s'emparait avec sa bouche d'un téton durci par le désir.

— Hmmm, grogna-t-il en poursuivant sa caresse. Ton corps répond comme je l'aime, ajouta-t-il avant d'infliger la même torture exquise à l'autre sein.

Alexis enfouit ses doigts dans les cheveux de Christos. Tous ses sens étaient focalisés sur le plaisir intense de sa caresse. Mon Dieu, c'était de la folie. Mais impossible de s'arrêter. Pas maintenant.

— S'il te plaît, murmura-t-elle en dépit de tout bon sens.

Elle en voulait plus.

— Oui, répondit-il en gardant son mamelon contre sa langue une minute encore.

Il leva alors la tête pour la fixer intensément. Le rouge aux joues, Alexis ne put retenir un soupir lorsqu'il fit remonter lentement la bretelle de son soutien-gorge en se passant la langue sur les lèvres.

— Tu trouves toujours que c'est une mauvaise idée ? demanda-t-il d'une voix rauque.

Les yeux de Christos brillaient d'une excitation qu'il ne faisait rien pour dissimuler.

— Mon expérience m'a montré que mélanger plaisir et travail n'apporte rien de bon, reconnut-elle à voix basse.

Il se raidit instantanément.

— Ne me juge pas selon les critères d'un autre. T'ai-je déjà menti ?

— Non, répondit-elle sincèrement. Mais…

Il posa un doigt sur ses lèvres pour la faire taire.

— Cet homme n'était rien. Moi, je sais ce que tu vaux, Alexis.

Ces mots prononcés solennellement la touchèrent au plus profond d'elle-même. Elle aurait voulu s'y accrocher de toute son âme. Mais n'était-ce pas ce même besoin d'être liée à quelqu'un qui l'avait rendue si malheureuse auparavant ? Une fois qu'ils auraient assouvi ce désir qui les tenaillait, que se passerait-il ?

— Notre contrat dure trois ans, Alexis, et il en reste encore deux. Tu pourrais te lasser de moi bien avant…, acheva-t-il en lui lançant un regard qui indiquait qu'il n'en croyait pas un mot.

Une autre aurait pu accepter ce jeu-là. Mais Alexis ne s'en sentait pas la force, car elle n'aurait jamais l'ascendant. Elle ne serait pas celle qui le quitterait. Christos finirait par se lasser d'elle et c'est elle qui finirait le cœur en miettes. Alexis n'était pas une personne qu'on aime, sa famille le lui avait prouvé en ne voulant pas d'elle. Elle était tout juste bonne pour un flirt. Rien de plus.

— Je suis humaine, Christos. J'ai des besoins, moi aussi…

Il se figea l'espace d'une seconde avant de reprendre contenance.

— Je suis disposé à les prendre en charge. Tu peux être

sûre que je ne te laisserai pas sur ta faim quand il s'agira de partager mon lit, acheva-t-il d'une voix rauque qui la fit trembler de désir.

— On peut dire que tu ne manques pas d'assurance dans ce domaine, répliqua-t-elle en souriant.

— Il y a entre nous une alchimie rare. Ce serait idiot de ne pas en tenir compte alors que nous sommes liés l'un à l'autre pour une durée déterminée.

Elle allait rejeter sa proposition quand elle se ravisa. N'était-ce pas là l'occasion de vivre une expérience unique ?

Il s'approcha d'elle et fit courir ses doigts sur sa joue.

— Prends l'après-midi pour y réfléchir, murmura-t-il en effleurant ses lèvres des siennes. Pense à ça, ajouta-t-il en glissant sa main le long de son cou, jusqu'à ses seins frémissants, puis plus bas, entre ses jambes, au cœur de son intimité.

Elle aurait largement eu le temps d'arrêter son geste ; pourtant, elle ne bougea pas d'un millimètre, son corps vibrant tout entier d'un désir qui la dévorait.

— Pense ensuite à ma bouche posée à cet endroit, qui te donne du plaisir pendant des heures. Jusqu'à te faire jouir, encore et encore.

Incapable de résister davantage, Alexis écarta les jambes pour qu'il prolonge sa caresse et s'agrippa à son épaule tandis qu'il promenait savamment ses doigts sous sa culotte, trouvant sans difficulté le point le plus sensible. Le regard trouble, elle enfonça ses ongles dans la peau de Christos en gémissant son nom.

Quand elle rejeta la tête en arrière, il l'embrassa dans le cou tout en poursuivant le mouvement habile de ses doigts.

— Oui. C'est exactement comme ça que tu murmureras mon nom quand je serai en toi, *matia mou*. Celui de personne d'autre.

Sur ces mots et après une ultime caresse, il retira sa main et la conduisit, tremblante, jusqu'à la voiture.

Durant les heures qui suivirent, Christos ne fit nulle allusion à ce moment insensé qu'ils venaient de vivre au bord de la falaise. Il se comporta en hôte parfait, lui faisant découvrir les habitats rustiques qui faisaient autrefois partie d'un vignoble, rénovés depuis en quartiers destinés aux gardiens de l'île. Alexis fut heureuse de constater que ces derniers ne manquaient de rien et que le grand-père de Christos partageait la même éthique exigeante mais généreuse que son petit-fils.

Elle avait chaud et soif lorsqu'ils s'arrêtèrent, trois heures plus tard, sous un bosquet de cyprès.

Disposé sur une large nappe à carreaux, un pique-nique composé de champagne frais, d'huîtres et d'un éventail de plats grecs appétissants les attendait.

— Tu as faim ?

— Je suis affamée !

Il baissa les yeux vers sa bouche et sentit une flamme le gagner.

— Viens.

Il sortit du véhicule et en fit le tour pour lui ouvrir la portière. Alors qu'elle s'asseyait pour profiter du déjeuner somptueux, Alexis constata qu'elle était encore brûlante et que cela n'avait rien à voir avec le temps qu'il faisait.

Tout en débouchant le champagne, Christos reconnut qu'il était sur les nerfs. Mais ses soucis étaient loin d'être aussi intenses que l'incendie qui couvait sous sa peau, menaçant de se transformer en feu de forêt d'un instant à l'autre.

Dormir à côté d'Alexis la nuit précédente avait été un enfer. Il avait parfaitement réussi à feindre le sommeil pour qu'elle s'apaise à son tour et s'endorme enfin. Pourquoi se torturait-il ainsi ?

Drakonisos.

Le seul endroit qui l'avait aidé à s'accrocher à une once d'humanité quand toute sa vie n'était qu'une somme de souffrance. Comme si l'île avait tendu ses bras aimants pour l'enlacer quand il en avait eu le plus besoin.

Pas question de laisser Georgios en faire une station balnéaire pour son cercle d'amis peu recommandables. Il ne le supporterait pas.

Il tourna la tête vers Alexis qui contemplait le paysage, et quand leurs regards se croisèrent un désir fou l'étreignit à nouveau.

— C'est un endroit extraordinaire. Je comprends pourquoi tu y tiens autant.

— C'est sûr que l'île mérite mieux que d'être transformée en lieu de rencontre pour célébrités ou, pire, en site de tournage pour une émission de téléréalité, répondit-il en lui tendant une coupe de champagne.

— C'est ce que ton cousin a l'intention de faire ? s'exclama-t-elle, l'air horrifié.

— Oui. Mon grand-père n'est pas le seul à avoir ses espions.

— Costas est-il au courant ?

— Non. Et je n'ai pas l'intention de le lui dire.

Tricher à son avantage n'était pas dans ses habitudes.

— Même si cela te fait gagner ?

— Je suis sûr que Georgios ne tardera pas à dévoiler son jeu.

— Tu ne sembles pas avoir une haute opinion de sa personne.

— Ce serait sans doute différent s'il ne passait pas autant de temps à me maudire pour les avantages qu'il pense que j'ai acquis en étant simplement le petit-fils de Costas. Il ne comprend pas que c'est l'effort que l'on fournit qui compte, pas le sang qui coule dans nos veines.

Alexis fixa les eaux turquoise un peu plus loin.

— Tu as raison, fit-elle, ce serait une honte de livrer ce paradis à la spéculation.

— Malheureusement pour certaines personnes, l'appât du gain est plus puissant que tout.

Elle tourna la tête vers lui et le surprit en restant silencieuse.

Ils se restaurèrent de charcuteries, d'olives et de tomates séchées. Christos ne prit pas de dessert mais il servit une part de baklava à Alexis et la regarda le déguster avec une envie irrépressible de l'embrasser.

— J'espère que c'est toi qui l'emporteras, dit-elle chaleureusement après avoir terminé la dernière bouchée du gâteau au miel.

Ému, il détourna le regard. Si Christos était bien entouré dans sa sphère professionnelle, il avait toujours été seul sur le plan personnel. Même Costas, préoccupé par l'état de santé de sa femme, ne lui avait accordé que des miettes d'affection ici et là. Et si Christos les avait acceptées avec gratitude, il savait que c'était peu. Ce manque de tendresse l'avait marqué suffisamment pour lui faire oublier les besoins ordinaires tels que l'amour ou l'envie de fonder une famille.

En revanche, il avait en lui un désir. Une faim qui le dévorait. Il baissa les yeux vers les seins d'Alexis et plus bas, en direction de son ventre. Le souvenir de ses gémissements durcit instantanément son sexe et il leva les yeux pour les confronter à ceux de la jeune femme, désireux de les voir s'enflammer de passion.

— Ne me regarde pas comme ça, murmura-t-elle de cette voix faible qui le rendait fou.

— S'il suffit d'un regard pour t'exciter, tu devrais peut-être songer à renforcer tes défenses ou bien alors me laisser faire, ce que je préférerais…

Elle releva son adorable menton d'un air de défi.

— J'ai fini de déjeuner. Pouvons-nous y aller à présent ?

Il sourit, séduit de la voir si différente des autres femmes qui tombaient comme des mouches entre ses bras. Cette quête serait sans aucun doute la plus excitante de sa vie.

Il se leva avec une légèreté inhabituelle dans la poitrine, et quand elle mit sa main dans celle qu'il lui tendait, cette sensation s'amplifia.

— Je me réjouis de nos plaisirs à venir, déclara-t-il.

Elle lui jeta un regard délicieusement audacieux.

— Je ne serais pas si sûre de cela à ta place.

Pour Christos, les jours suivants furent une épreuve en termes de frustration.

Il observa Alexis, de loin, charmer le personnel avec des phrases en grec hésitant. Lorsque ses robes arrivèrent, il la surprit dans la suite en train de les essayer avec l'aide d'une femme de chambre. Quand leurs regards se croisèrent à travers la pile de boîtes et d'étoffes délicates, elle rougit en lui adressant un petit sourire, vêtue d'une culotte de satin rose. Le désir l'envahit avec une violence telle qu'elle lui coupa le souffle.

— J'ai l'impression qu'il y a plus de robes que ce que nous avions commandé, fit Alexis en désignant les vêtements éparpillés autour d'elle.

Christos se pencha dans l'embrasure de la porte, se délectant du spectacle. Et dire que jusqu'alors il avait trouvé si ennuyeux d'assister aux essayages de ses ex-petites amies...

— Il est possible que j'aie un peu élargi la collection en partant du principe que ces tenues serviraient à nos engagements futurs.

— Nos engagements futurs ? répéta-t-elle sans comprendre.

— Costas a raison. Il est temps de rendre notre union... publique.

— Qu'est-ce que ça veut dire ?

— J'ai l'intention de faire savoir au monde entier que tu es ma femme quand nous partirons d'ici.

Après cette séance, il se surprit à observer Alexis le plus souvent possible. En fait, il était comme fasciné par le spectacle de ses allées et venues à travers la villa. Comme cette fois où il la vit prendre un bain de soleil près de la piscine, son corps parfaitement moulé dans un deux-pièces couleur tilleul qui éveilla en lui un désir douloureux. Ou lors de ses promenades sur la plage en fin d'après-midi, quand le soleil projetait une lumière dorée dans ses cheveux. Leurs repas avec son grand-père étaient tout aussi captivants. Alexis avait laissé de côté sa timidité et plaisantait volontiers avec Costas, faisant preuve d'un esprit vif qu'il trouvait irrésistible.

Mais les nuits restaient de loin les plus éprouvantes. Pour apaiser sa libido, Christos attendait une bonne heure avant de rejoindre Alexis dans leur suite. Mais une fois allongé à côté d'elle, tandis qu'elle se tournait et se retournait dans son sommeil, il imaginait volontiers son corps souple et ses cheveux éparpillés sur l'oreiller, envoûté par son parfum. Le désir le prenait tout entier, le tenant éveillé des heures durant.

Sa seule consolation était de se dire que ça ne devait pas être facile pour elle non plus.

Un soir, alors que la jeune femme était sur le point de se retirer pour le laisser comme d'habitude quelques instants avec son grand-père, Costas les pria de l'excuser. Plaidant la fatigue, le vieil homme les laissa seuls sur la terrasse, avant que le café ne soit servi.

Christos saisit le bras d'Alexis alors qu'elle se levait à son tour.

— Attends.

Elle se rassit lentement.

— Qu'y a-t-il ?

— Es-tu prête à me donner ta réponse ? demanda-t-il, incapable de détacher son regard des lèvres brillantes.

— Qu'est-ce qui te fait penser que les choses ont changé ? répondit-elle, les joues soudain plus roses.

— Je vois la manière dont tu tiens cet oreiller entre nous. Tu le glisses entre tes jambes comme pour soulager une tension. Je devine ton souffle plus court en ma présence. Je remarque la façon dont tes yeux me suivent quand tu crois que je ne te regarde pas.

Elle ouvrit la bouche, stupéfaite.

— Tu es incroyable !

— Je suis simplement observateur. Tu protestes parce que j'ai raison ?

— Tais-toi !

Comme il éclatait de rire, Alexis jeta sa serviette sur la table.

— Tu as besoin d'un exutoire ? N'hésite-pas à te servir de moi, *matia mou.*

Le regard de la jeune femme se troubla de la façon qu'il aimait tant.

— Merci pour ton offre mais… non merci. La seule chose que je souhaite maintenant, c'est être au lit. *Seule*, conclut-elle à la hâte.

Même fâchée, elle se prêtait au jeu. Mais il comprit tout à coup que, pour lui, ce n'en était plus un. Il voulait…

— Qu'y a-t-il ? fit-elle soudain.

Il lui lâcha le bras, perdu dans ses pensées. Quel chemin prenait-il ? Il savait pourtant que s'attacher ne l'amènerait qu'à la souffrance. N'en avait-il pas suffisamment fait les frais par le passé ?

— Tu peux y aller, je te rejoins plus tard.

— Ce n'est pas ce que je t'ai demandé, insista Alexis. À quoi penses-tu ?

Christos se leva de table et réduisit l'espace entre eux d'un seul pas.

— Tu veux vraiment le savoir, *koukla mou* ?

— Je ne connais pas ce mot, répondit-elle en fronçant les sourcils. Que signifie-t-il ?

Sans lui laisser le temps de répondre, elle recula lentement.

— Cela n'a pas d'importance, fit-elle. Bonne nuit.

Il resta seul, fixant l'horizon, comme sonné. Bien sûr, il ressentait une fierté masculine quand il l'entendait se faire appeler Mme Drakakis. Et il avait été profondément touché, l'autre fois sur la falaise, lorsqu'elle avait pris sa main pour recueillir ses confidences sur son enfance. Mais ce serait une folie d'espérer créer un lien permanent entre eux. Non ?

Il convoqua les souvenirs qu'il avait enfouis au plus profond de son être ainsi que les émotions qui en découlaient. La colère, le désespoir et la plus cruelle de toutes, la solitude.

« Ta mère ne t'aime pas. Elle déteste juste perdre contre toi. »

« Et toi papa, est-ce que tu m'aimes ? »

Le regard empreint de pitié que lui avait lancé son père avait anéanti tout espoir dans son cœur d'enfant naïf. Mais Christos avait aussi retenu une précieuse leçon : son bonheur ne devrait jamais dépendre des autres. Grâce à cela, il avait compris quel était son véritable but dans la vie. Et il avait surmonté le verdict d'un juge impassible qui avait décidé qu'il vivrait avec un père qui ne l'aimait pas plutôt qu'auprès d'une mère qui, lorsqu'elle n'était pas en proie à l'amertume, le considérait avec une affection distante.

Était-ce ce magistrat qui l'avait décidé à devenir avocat ? Quoi qu'il en soit, Christos ne se rendait jamais au tribunal chargé d'amour ou d'espoir. Ces émotions n'étaient pas assez fiables pour être exprimées.

Une heure s'écoula ou était-ce quelques minutes ? Il avait perdu la notion du temps lorsqu'il prit le chemin qui menait à la suite qu'il partageait avec Alexis.

Non, il n'avait aucun avenir avec elle. Il ne s'agissait entre eux que d'un accord temporaire, agrémenté de sexe. Et si tout se passait comme prévu, Drakonisos serait bientôt à lui. Voilà tout ce qui importait.

— Où allons-nous ? interrogea Alexis le lendemain après-midi en le rejoignant devant la villa.

Christos l'avait convoquée, une heure auparavant, en lui demandant de préparer un sac pour la nuit. Quand elle le vit décontracté, à côté de la voiture garée devant les marches de l'entrée, son cœur bondit d'excitation.

— La fête est dans quatre jours. Je veux te montrer le reste de l'île avant que la horde d'invités nous envahisse.

— Pourquoi ce sac si nous restons sur l'île ?

Les seules habitations qu'elle avait vues en dehors de la villa étaient celles du personnel. À moins que…

— Nous n'allons pas camper, n'est-ce pas ?

Voilà bien quelque chose qu'elle n'avait jamais expérimenté. Comment allait-elle s'en sortir si c'était le cas ?

— Tu poses trop de questions, répondit-il d'un air mystérieux. On dirait que tu ne me fais pas confiance.

Je ne fais plus confiance à personne.

Voilà ce qu'elle aurait répliqué sans hésiter il y a encore quelques semaines, mais était-ce toujours le cas ?

Christos avait fait preuve de générosité envers la Maison de l'espoir, le seul foyer qu'elle ait connu. Même s'ils partageaient le même lit, il n'avait jamais tenté de profiter de la situation. Aussi énigmatique qu'il puisse être parfois, il ne la trahirait pas comme Adrian l'avait fait.

Consciente du regard perçant de Christos posé sur elle, Alexis haussa les épaules.

— Très bien. Je vais jouer le jeu.

Il fixa sa bouche suffisamment longtemps pour qu'elle rougisse, puis il prit son bagage et le plaça à côté du sien, dans le coffre de la petite voiture. Ils prirent cette fois la direction de l'ouest.

Si seulement elle parvenait à maîtriser la tension nerveuse qui la gagnait dès qu'elle était à côté de lui. Et cette petite voix qui lui suggérait d'arrêter de lutter. Car aussi arrogant qu'il pouvait l'être, Christos avait raison : l'attirance entre eux était évidente.

Et l'occasion, unique.

Tout dans ses regards brûlants, dans ses paroles et ses gestes montrait qu'il la désirait ardemment. Il voulait que leur mariage soit réel, même si ce n'était que pour une durée déterminée. Il avait exprimé ses attentes dès le départ : pas de sentiment, pas de promesse sur le long terme. Tous deux profiteraient simplement de cette alchimie qui les unissait.

Allez, jette-toi à l'eau…

Elle frissonna, saisie par cette décision qui devenait de plus en plus concrète dans son esprit.

— Tu as froid ? lui demanda Christos tandis qu'ils traversaient des champs verdoyants et s'engageaient sur un large sentier en pente douce.

— Pas vraiment…

Les rayons du soleil déclinant transformaient l'étendue de la mer en un bijou précieux. Fascinée par cette vue magnifique, Alexis ne s'aperçut pas que la voiture était arrivée aux abords d'une plage de sable doré étincelant. Elle ouvrit de grands yeux en remarquant une ouverture d'une dizaine de mètres au sein de la paroi rocheuse.

— C'est… une grotte ?

La voiture du personnel, partie quelques minutes avant eux, était garée à l'entrée de la caverne devant laquelle les employés déchargeaient du matériel.

— Oui, confirma Christos.

— Qu'y a-t-il à l'intérieur ? demanda Alexis, incapable de cacher son enthousiasme.

Il se pencha vers elle et glissa une mèche de cheveux au coin de son oreille, la faisant frémir tout entière.

— Tu le découvriras quand nous serons seuls, d'ici quelques minutes.

Son excitation franchit un nouveau palier. Elle allait être seule avec Christos. Une nuit entière.

Lorsque le personnel fut sorti, il la guida à l'intérieur sans la quitter des yeux tandis qu'elle découvrait, fascinée, le spectacle qui s'offrait à elle. Des dizaines de lanternes de toutes tailles étaient disposées à travers un vaste salon où des divans et des futons moelleux étaient répartis dans un confort accueillant. Une table basse trônait au centre, sous d'épais tapis.

Au fond de cet espace chaleureux, des paravents ornés de

peintures délicates montrant les collines grecques protégeaient une alcôve doucement éclairée.

Prise de curiosité, Alexis s'avança derrière le premier paravent et ce qu'elle vit lui coupa le souffle.

Un immense lit à baldaquin. Une véritable œuvre d'art parée de la tête au pied de draps en soie dorée, de douzaines d'oreillers duveteux et de mousselines flottantes qui tombaient en pluie depuis le plafond de la grotte.

De larges bougies réparties à travers la pièce projetaient des ombres douces et baignaient l'espace d'une lueur intime.

C'était une merveille absolue. Un paradis de romantisme.

— Ils ne peuvent pas avoir installé ça en quelques minutes, murmura-t-elle, stupéfaite.

Christos s'approcha et elle huma avec délices les effluves de son après-rasage. À Londres, il utilisait un parfum à base de santal. Celui-ci, son préféré, rappelait la bergamote et le cuir.

— Ils préparent les lieux depuis ce matin.

— Mais… pourquoi ?

— Ai-je vraiment besoin de l'expliquer ? répliqua-t-il à voix basse.

Malgré la chaleur qui gagna le creux de son ventre, elle tint bon.

— J'ai bien peur que oui.

— J'ai senti que tu avais besoin d'être un peu plus… convaincue.

— Convaincue ou séduite ? reprit-elle d'une voix tremblante.

Il eut un sourire arrogant.

— Fais ton choix, le résultat sera le même.

— Tu es très sûr de toi, n'est-ce pas ?

— Ce n'est pas difficile. Il suffit d'observer ton tremblement, tes lèvres qui se languissent de moi, les battements de ton cœur.

— Je suis… je…

— Effrayée ? Je ne le crois pas. Ce que je pense, Alexis, c'est que tu veux désespérément répondre au besoin qui bat en toi. Tout ce qui te retient, c'est l'idée que céder te rendra faible. Or c'est tout le contraire. Avoir le courage de saisir ce que l'on veut est une force, jamais une faiblesse.

Quand Christos glissa son pouce sur sa lèvre inférieure de cette manière indolente qu'il semblait apprécier, elle prit son courage à deux mains et pressa sa langue contre son doigt en étouffant un murmure de plaisir. Il la laissa le goûter ainsi pendant plusieurs secondes, avant de rompre le contact.

— Dis-moi ce que tu veux, Alexis, dit-il d'une voix rauque.

L'image du lit majestueux derrière elle s'imposa à son esprit.

— Embrasse-moi. S'il te plaît.

Il prit une grande inspiration et l'attira à lui en la tenant fermement par la nuque. Avant qu'elle puisse reprendre son souffle, il s'empara de ses lèvres, joignant sa langue à la sienne, en quête d'une reddition qu'elle était prête à lui accorder. Les gémissements d'Alexis emplirent l'espace de la grotte et elle répondit aussi hardiment à son baiser. Elle serra ses bras autour du cou de Christos et il la souleva comme si elle était aussi légère qu'une plume avant de la plaquer contre un mur.

Elle l'entoura de ses jambes en poussant un nouveau soupir.

— *Thee mou*, souffla-t-il contre ses lèvres, puis il la serra plus fort, ne lui laissant aucun doute sur la puissance et la force de son excitation. Sens-tu à quel point je te veux ?

— Oui, répondit-elle en haletant.

Et elle se cambra contre lui, ce qui le fit grogner de plaisir.

Alors qu'elle allait le supplier d'aller plus loin, il releva la tête.

— Il n'y a rien que j'aimerais plus que te jeter sur ce lit et entrer profondément en toi, murmura-t-il en s'interrompant pour mordre doucement sa lèvre inférieure. Mais nous ne serons plus seuls très longtemps.

Une pointe de déception la transperça.

— Comment ?

— Il reste une dernière chose à installer, puis le dîner sera servi, et ensuite…

Il n'eut guère besoin de terminer sa phrase. Son regard brûlant et l'intensité vibrante de son corps parlaient pour lui.

Avec une réticence évidente, Christos recula d'un pas et la fit doucement redescendre sur ses pieds. Puis il lui prit la main en silence et la conduisit hors de la chambre à coucher.

Alors qu'ils passaient derrière un paravent, Alexis jeta un dernier coup d'œil au lit. Face à l'émotion qu'elle ressentit, elle comprit que toutes les barrières qu'elle avait érigées entre eux étaient désormais tombées.

9.

Elle suivit Christos hors de la grotte et s'immobilisa, de nouveau stupéfaite par le spectacle qui s'offrait à elle.

— Oh mon Dieu ! s'exclama-t-elle en se tournant vers lui. Comment as-tu deviné ?

— D'après un sondage que j'ai vu passer à Londres sur les activités rêvées des salariés de l'entreprise.

— Mais c'était il y a deux ans ! Tu t'en es souvenu ?

— Oui, répondit-il simplement.

Bouleversée, elle fixa l'écran de cinéma portable de six mètres de haut, entouré de lanternes. Un large futon recouvert de coussins blancs moelleux et de couvertures en cachemire turquoise était installé en face avec, de chaque côté, un seau en argent rempli de champagne millésimé.

— Avant cela, je te propose que nous dînions, si tu es d'accord.

Elle tourna la tête et aperçut une petite table ornée d'une nappe blanche et de couverts en argent qui étincelaient à la lumière des bougies. Juste à côté, un buffet proposait une douzaine de plats plus appétissants les uns que les autres.

Tout en s'interdisant la moindre interprétation qui la conduirait inévitablement vers la souffrance, Alexis serra plus fort la main de Christos quand il la conduisit vers la table. L'émotion était à son comble. Elle devait se protéger. Mais n'était-il pas déjà trop tard ?

Elle le fixa sans un mot tandis qu'il lui offrait un verre de chablis bien frais. Et quand il aborda le sujet qu'elle n'évoquait jamais – la raison pour laquelle elle était arrivée à la Maison de l'espoir – elle se crispa un bref instant avant de se décider à répondre :

— Je n'ai jamais connu ma mère. Elle m'a abandonnée à la porte de l'orphelinat alors que je n'étais âgée que d'une semaine. Les bonnes sœurs m'ont recueillie.

Les traits de Christos se tendirent.

— Je ne voulais pas te faire revivre ces souvenirs douloureux.

— Tu ne pouvais pas savoir. Ce n'est pas une information que je partage tous les jours.

— As-tu essayé de retrouver ta mère ?

Elle secoua la tête.

— Tout ce que j'ai d'elle, c'est une couverture et une note manuscrite dans laquelle elle demande qu'on me nomme Alexis.

— Et si tu en avais les moyens, pousserais-tu plus loin tes recherches ? murmura-t-il en plongeant son regard dans le sien.

— J'y ai pensé, répondit-elle, le cœur battant. Mais je n'ai jamais été capable de décider s'il valait mieux ne rien savoir ou risquer d'être davantage blessée en découvrant la raison pour laquelle elle n'a pas voulu de moi.

Christos baissa les yeux quelques secondes sur son verre avant de la regarder à nouveau.

— Tu ne le vois peut-être pas ainsi, mais la fierté qu'on tire de ce qu'on est devenu est plus intense lorsqu'elle n'est pas liée à l'influence de nos parents.

La pointe de dureté dans sa voix suggérait une douleur personnelle.

— Découvrir qui est ta mère ne t'apportera pas forcément ce que tu cherches, poursuivit-il. Connaître mes parents m'a laissé plus d'interrogations que de réponses. Aussi dur que cela puisse paraître, peut-être vaut-il mieux que tu restes dans l'ignorance à ce sujet.

— T'arrive-t-il de te demander comment les choses auraient pu tourner si tu avais essayé de te réconcilier avec ta famille ?

— Non. Mes parents ont fait leur choix. J'ai dû faire le

mien. On ne peut vivre continuellement sur les hypothèses de ce qui aurait pu être.

— Donc tu me conseilles de continuer à vivre avec ce vide.

— Non, *matia mou*. Je pense que tu dois devenir la meilleure version de toi-même pour savoir comment réagir si tu te retrouvais dans une situation similaire à celle de ta mère.

— Jamais je n'abandonnerais mon enfant, déclara Alexis, saisie d'angoisse à cette idée.

Elle surprit une lueur dans les yeux de Christos qui l'emplit de chaleur.

— Alors tu vaux déjà mille fois plus que celle qui t'a abandonnée sans explications, murmura-t-il d'une voix rauque.

Des larmes lui montèrent aux yeux qu'elle chassa d'un battement de cils et elle s'aperçut alors que sa souffrance s'était atténuée comme jamais.

— Je ne sais pas pourquoi tout le monde te trouve si redoutable, plaisanta-t-elle pour surmonter ce trop-plein d'émotions.

Le sourire ravageur qu'il lui adressa lui donna une envie furieuse de l'embrasser.

— C'est un avantage tant que cela me permet d'obtenir ce que je veux, répondit-il en lui jetant un regard de prédateur.

Sans doute s'aventurait-elle en terrain périlleux mais elle ne put s'empêcher de poser la question qui lui brûlait les lèvres :

— Quand as-tu amené une femme ici pour la dernière fois ?

Elle jeta un œil en direction du panorama fabuleux. Les derniers rayons du soleil teintaient le ciel d'un orange profond qui donnait à la mer l'impression d'être en feu. C'était un lieu paradisiaque, propice aux rêveries et aux espoirs les plus fous.

— Tu veux entendre que tu es spéciale, Alexis, c'est ça ?

Oui…

— Serait-ce si grave ? Je suis ta femme, après tout.

Ces mots firent naître en elle une émotion profonde qu'elle retrouva dans le regard de Christos avant qu'il ne reprenne rapidement contenance.

— Pas encore. Pas complètement, fit-il à voix basse.

Il avait éludé la question et elle en fut soulagée.

Ils revinrent à des sujets de discussion plus légers mais la tension demeura entre eux jusqu'à ce qu'il se lève et lui tende la main dans une invitation silencieuse à le suivre.

Elle enleva ses sandales et s'allongea sur le large divan installé devant l'écran. Était-ce l'effet du vin ? Un sentiment de bien-être profond l'envahit tandis qu'elle levait les yeux vers le ciel étoilé en écoutant le bruit des vagues au loin.

— Tu n'imagines pas combien de fois j'ai rêvé vivre ça sur une plage des Maldives ou de Tahiti.

— J'espère que la destination beaucoup plus simple d'une plage grecque te convient aussi, répondit-il avec un sourire amusé.

— Tu plaisantes ? s'exclama-t-elle. Nulle part sur ma liste de souhaits il n'y avait mentionné une grotte merveilleuse sur une île privée. Cela dépasse de loin tout ce que promettent les brochures les plus luxueuses !

Le bruit d'un bouchon de champagne qui sautait recentra son attention sur Christos. À la lueur des bougies, sa beauté masculine d'ange déchu ressortait dans toute sa splendeur.

S'il restait encore à Alexis quelques traces de réticence, celles-ci fondirent comme neige au soleil lorsqu'il se tourna vers elle en souriant pour lui offrir une coupe en cristal.

Il dirigea ensuite la télécommande vers le vidéoprojecteur situé à quelques mètres d'eux puis il lui fit passer un bol en argent. En découvrant ce qu'il contenait, Alexis ne put s'empêcher de rire.

— Des pop-corns au caramel ? Je me demande si je ne devrais pas m'inquiéter… tu en sais trop à mon sujet.

Le regard de prédateur de Christos parcourut tout son corps avant de s'attarder sur ses lèvres.

— Je te l'ai dit. Je prends très au sérieux ce qui compte pour moi.

Parlait-il seulement de Drakonisos ? Elle n'osa développer le sujet et choisit un film. C'était un classique qu'elle connaissait par cœur mais, dans cet endroit si spécial, elle fut emportée une fois de plus par la magie du cinéma.

Jusqu'à ce qu'elle sente la main de Christos caresser doucement ses cheveux. Jusqu'à ce que les battements précipités de son cœur la rendent sourde à tout excepté à son propre désir.

— Quelque chose ne va pas, Alexis ? murmura-t-il comme s'il avait deviné son trouble.

Sans répondre, elle but une gorgée de champagne et frissonna en le sentant glisser ses doigts le long de sa nuque.

— Christos…, chuchota-t-elle comme un soupir urgent dans l'air de la nuit.

— *Ne*. Dis-moi tout ce que tu veux et tu l'auras…

Elle crut défaillir lorsqu'il effleura sa joue de sa barbe naissante.

— Je ne peux pas attendre. S'il te plaît, murmura-t-elle.

L'éclair de triomphe dans les yeux de Christos aurait dû l'agacer mais elle était au-delà de ça. Alors elle le laissa lui prendre son verre des mains et le poser sur la table puis pencher son visage vers le sien pour effleurer doucement ses lèvres.

Avec une grâce féline, il se leva et la prit dans ses bras pour l'amener jusque dans la grotte.

Elle retint son souffle quand il la déposa devant le lit et que, d'un geste, il enleva l'élastique qui retenait ses cheveux, libérant leur masse lourde qu'il caressa en grognant de plaisir.

— Ce soir, je veux voir tes cheveux tomber en cascade sur *mon* oreiller, déclara-t-il avec force. Je ne vais pas me contenter de te regarder de l'autre côté du lit ; je vais réclamer ce qui m'appartient.

Tout son corps frissonna de plaisir en l'entendant exprimer sans équivoque son besoin de la posséder. Déjà, il faisait glisser les fines bretelles de sa robe légère qui tomba jusqu'à sa taille. Sans la quitter des yeux, il dégrafa son soutien-gorge et le jeta au loin. Puis elle le vit retenir son souffle lorsqu'il baissa les yeux vers ses seins.

Enhardie par l'effet qu'elle lui faisait, Alexis entreprit

de déboutonner la chemise blanche de Christos, avide de l'explorer à son tour. Au troisième bouton, incapable de se retenir, elle glissa ses mains sous le tissu pour caresser sa poitrine sculptée. Ses muscles puissants et chauds ondulèrent au contact de ses doigts.

Quand ses tétons effleurèrent le haut du torse poilu de Christos, elle ne put réprimer un gémissement.

— Peut-être devrais-tu finir ce que tu as commencé pour en profiter davantage ? lui lança-t-il un brin taquin.

Sans réfléchir, elle arracha les deux pans de la chemise d'un coup sec.

Des flammes dans les yeux, Christos retira les lambeaux restants de tissu, puis il enleva la robe d'Alexis. Il l'attira ensuite à lui pour plaquer ses lèvres contre les siennes dans un baiser auquel elle répondit avec la même ardeur. De ses gestes savants, il éveillait chaque centimètre de son corps, lui procurant un plaisir qu'elle n'avait jamais connu auparavant.

Quand Christos glissa les mains dans sa culotte pour lui saisir les fesses, elle gémit et tendit les cuisses pour se préparer à sa possession. Leur baiser devint encore plus frénétique, leurs corps se serrant l'un contre l'autre dans un besoin charnel.

Il arracha sa culotte en dentelle et la jeta sur le côté.

— Chacun son tour, grogna-t-il de plaisir avant de la soulever pour l'installer au milieu du lit.

Essoufflée et le cœur battant, elle le regarda baisser lentement sa fermeture Éclair et se mettre nu face à elle.

Mon Dieu, ce qu'il pouvait être beau ! Ses muscles déliés soulignaient toute la puissance de sa virilité.

Il vint se placer au-dessus d'elle et la regarda fixement pendant un instant sans dire un mot. Quand elle leva la tête pour tenter de l'embrasser à nouveau, il recula.

— Pas encore. Il y a quelques règles à suivre, d'abord.

Elle passa sa langue sur ses lèvres affamées.

— Comment ?

— Je veux voir tes yeux magnifiques tout le temps, *glykia*

mou, souffla-t-il en caressant un de ses tétons. Et quand je serai au fond de toi, le seul mot qui sortira de tes lèvres sera mon nom. Tu peux le murmurer ou le crier. Mais je veux l'entendre.

Il baissa la tête et lécha lentement son téton, lui arrachant un gémissement incontrôlable.

— Christos…

— *Ne*, comme ça, reprit-il avant d'aspirer le mamelon durci dans sa bouche.

Elle se cambra et, l'attrapant par les cheveux, elle le serra contre elle. Son plaisir s'intensifia lorsqu'il fit glisser ses lèvres le long de son corps. Elle crut défaillir en comprenant ce qu'il se préparait à faire.

— Christos ?

Sans la quitter des yeux, il écarta résolument ses cuisses et, quand il posa ses lèvres au cœur de son intimité pour lui donner le plus charnel des baisers, elle ne put retenir un cri plaintif.

— *Thee mou*, murmura-t-il d'une voix rauque. Tu es exquise.

Les dernières pensées d'Alexis s'envolèrent et toute son attention se porta sur les sensations extrêmes que lui procuraient les mouvements de langue de Christos. Encore et encore, jusqu'à ce que sa vision se trouble et que l'orgasme le plus violent qu'elle ait connu lui arrache un hurlement de bonheur.

Son corps fut parcouru de petits spasmes et elle lutta pour retrouver son souffle tandis qu'il lui saisissait les poignets, embrassant la paume de ses mains avant de remonter le long de son corps.

Elle le vit attraper un préservatif et le faire glisser sur son membre dressé. Puis il revint s'installer entre ses cuisses et le poids délicieux de son corps sur elle la fit à nouveau soupirer d'extase.

— Tu ressembles à une déesse, déclara-t-il en la dévorant des yeux. Il me tarde de te posséder.

— Alors n'attends pas plus longtemps, souffla-t-elle, à nouveau avide de plaisir.

Il venait de la faire jouir merveilleusement avec sa bouche mais elle en voulait davantage. Elle en voulait le plus possible. Était-ce parce qu'elle savait que ça ne durerait pas ? Vite, elle refoula cette pensée et se concentra sur lui.

— Tes seins sont une œuvre d'art, dit-il en les couvrant de baisers.

Il se redressa sur un coude et glissa une main entre les cuisses d'Alexis pour caresser son sexe impatient. Puis, d'un mouvement sûr, il la pénétra profondément.

— Christos !

— Oui, *yineka mou*. Mon nom sur ta bouche pendant que je te prends, encore et encore.

Il resta immobile pendant un long moment sans la quitter des yeux jusqu'à ce qu'elle gémisse. Alors, il se retira et revint en elle en de puissants va-et-vient.

Un plaisir brut, sans entraves, jaillit du cœur d'Alexis qui, sans s'en rendre compte, enfonçait ses ongles dans les épaules de Christos.

— C'est ça. Marque-moi. Montre-moi ce que je te fais.

C'était comme si elle avait été libérée et qu'on lui avait donné les clés du paradis.

Elle enroula ses jambes autour de lui et leva la tête, réclamant sa bouche dans un baiser charnel à mesure qu'il augmentait le tempo.

Mon Dieu, elle n'avait jamais rien ressenti de tel, et jamais plus elle ne vivrait ça. Mais ce n'était pas le moment d'y penser. Quand Christos murmura des mots en grec, elle abandonna toute retenue et arqua son corps pour venir à la rencontre de ses mouvements, les yeux perdus, jusqu'à ce que le plaisir explose en une pluie de lumières.

Son cri aigu résonna sur les murs de la grotte, tandis que Christos caressait doucement ses cheveux sans la quitter des yeux. À peine avait-elle repris son souffle qu'il l'embrassa avec la langue. Enfin, il ordonna sans détour :

— Encore. Je veux te sentir jouir à nouveau.

Thee mou, cette femme était comme une drogue à laquelle Christos ne pouvait résister. Et ce qu'elle révélait à son contact surpassait tout ce qu'il avait imaginé sur la base de leur seule alchimie.

Pour commencer, il y avait en elle ce curieux mélange de timidité et d'audace, d'innocence et de sensualité crue. De quoi le rendre fou de désir. Quand il l'avait fait jouir avec sa bouche, il avait deviné que jamais elle n'avait vécu pareille expérience. Et la suite lui avait donné raison. Quoi qu'elle ait pu partager avec ses amants précédents, ce n'était rien de comparable avec ce que tous deux partageaient.

Il se délectait de cette nouvelle et de tout ce qu'ils se préparaient à vivre ensemble à Drakonisos. Peut-être même après ?

Non. Ce bouleversement qu'il ressentait était dû au fait qu'il n'avait pas eu de femme depuis un an. Rien de plus. D'ailleurs, il avait toujours fui ce genre de dépendance. Il savait que cela n'apportait que le chaos et la souffrance. Ne jamais s'attacher était une règle qu'il appliquait depuis toujours.

Pas question de laisser ses émotions, aussi incroyables et puissantes soient-elles, obscurcir son jugement.

Pourtant… Tant qu'il était là avec elle, en elle, pourquoi se priver de cette joie insensée ? Il la pénétra une fois de plus et laissa échapper un râle.

Elle était tellement sublime. *Sa femme…*

— Christos…, gémit Alexis d'une voix baignée de luxure qui décupla son désir.

Il oublia tout, s'abandonnant à son plaisir, et quand elle cria une fois de plus, il la rejoignit dans l'extase, aveuglé par un bonheur qui marquerait son âme. Il savait que jamais il n'oublierait ce moment, une fois que leurs routes se sépareraient.

Il la serra contre lui et l'embrassa sur la tempe avec une douceur qui ne lui ressemblait pas. Quand elle soupira et se lova dans ses bras, une paix curieuse s'installa en lui.

Ce bien-être était toujours présent à l'aube, lorsqu'il enlaça la femme endormie avec laquelle il avait encore fait l'amour une heure auparavant.

— Réveille-toi, Alexis, une autre expérience nous attend, murmura-t-il en déposant un baiser sur sa joue.

Elle sourit sans ouvrir les yeux.

— Je croyais que nous avions passé la nuit à ça.

Il rit et se demanda depuis combien de temps cela ne lui était pas arrivé.

— Celle-là ne peut pas attendre.

Les yeux bruns mouchetés d'or de la jeune femme s'ouvrirent pour rencontrer les siens et la félicité qui s'en dégageait le toucha au plus profond, menaçant de rompre la carapace qu'il s'était forgée. Il fut pris d'une envie soudaine de rester là et de prolonger ce moment merveilleux.

Puis il se ressaisit et se leva pour attraper son maillot de bain.

— On va se baigner ? demanda Alexis en se redressant sur un coude.

Il sentit son sexe durcir à nouveau. Cette femme le rendait fou.

— Oui, mais avant cela je veux te montrer quelque chose. Dépêche-toi sinon nous allons tout rater, acheva-t-il en quittant la pièce pour ne pas céder à la tentation.

Debout face à la mer, il se forçait à reprendre contrôle quand il entendit Alexis arriver derrière lui. Il se retourna, avide de s'imprégner à nouveau de sa beauté. Elle avait revêtu un bikini à rayures vertes et blanches et portait un pagne assorti ainsi que des sandales. Ses cheveux étaient rassemblés sur une épaule, et lorsqu'elle leva la main pour repousser les lourdes mèches en arrière, il sentit un désir puissant le gagner.

Il indiqua la petite colline située à quelques mètres de là.

— Nous devons être là-haut dans cinq minutes.

Elle suivit son regard et hocha la tête. Il lui tendit la main et elle la prit, les joues roses de plaisir.

Tandis qu'ils cheminaient en silence, Christos avait douloureusement conscience de la présence d'Alexis à ses côtés, de sa démarche sensuelle et, le plus troublant, de l'empreinte de sa propre odeur sur son corps.

Une pulsion primitive le gagna à nouveau, et quand ils atteignirent le sommet de la colline, il ne pensait plus qu'à une chose : la posséder encore.

Elle dut s'apercevoir de son état car, lorsqu'il se tourna vers elle, elle lui lança un regard brûlant et, incapable de résister davantage, il l'attira à lui pour un baiser fougueux que seule la raison pour laquelle il l'avait amenée ici lui fit interrompre.

S'écartant à contrecœur, il s'assit dans l'herbe encore humide de rosée et l'invita à venir s'installer entre ses jambes. En sentant contre son torse les battements dans la poitrine d'Alexis, il comprit qu'il n'était pas seul à être troublé.

— Regarde, murmura-t-il à son oreille en désignant l'horizon.

Le lever du soleil créait une féerie de lumières qui se reflétaient sur l'eau en changeant de nuance à mesure que l'aube faisait place au jour.

Il sentit l'émoi de la jeune femme tandis que le soleil doré s'épanouissait comme une fleur hésitante, baignant peu à peu le vert luxuriant de l'île de couleurs toujours plus vives.

— Oh ! Christos, c'est magnifique !

— *Ne*, acquiesça-t-il à voix basse.

Elle posa les mains sur ses cuisses tout en contemplant la vue spectaculaire et un désir puissant le transperça. Comme la nuit précédente, un besoin le poussait à rompre ses résolutions.

Une fois de plus.

Mais soudain il se revit, petit garçon englouti de désespoir parce qu'il s'était laissé emporter par ses émotions. N'est-ce pas à cet endroit précis qu'il s'était juré de ne plus jamais se soumettre à la vulnérabilité de l'amour ?

À ce souvenir, il se raidit malgré lui.

— Christos ? demanda Alexis en cherchant son regard. Que se passe-t-il ?

— Je viens de me rappeler pourquoi je venais ici, enfant.

Il sentit les doigts chauds de la jeune femme enserrer les siens.

— Raconte-moi.

— Je voulais éprouver autre chose que de la colère envers mes parents… Autre chose que…

Il s'interrompit, songeur.

De la souffrance ? Du désespoir ?

Il lut dans le regard d'Alexis qu'elle le comprenait. Bien sûr, comment pouvait-il en être autrement après ce qu'elle avait vécu ?

— J'avais l'impression que c'était le seul endroit où je pouvais m'échapper.

— Je suis heureuse que tu aies pu le faire, même si ce n'était que pour un instant.

Ils restèrent silencieux quelques minutes, et la tension se relâcha peu à peu dans son cœur.

— Merci d'avoir partagé ce moment avec moi, murmura-t-il en l'embrassant doucement sur la tempe. Et pour répondre à ta question d'hier, je n'ai jamais amené personne avant toi dans cette grotte. Ni à cet endroit. Donc oui, tu es spéciale, Alexis.

Il devina à sa respiration tremblante qu'elle s'efforçait de garder son calme. Ému, il se leva.

— Viens, dit-il en lui tendant la main sans même la regarder. Il nous reste quelque chose à faire avant de rentrer à la villa.

Il la guida jusqu'au bord de la falaise, et quand elle comprit son intention, elle serra plus fort sa main.

— Attends, tu n'es pas en train de suggérer ce que je pense, n'est-ce pas ? demanda-t-elle en jetant un œil prudent à l'eau tourbillonnante juste en dessous d'eux.

— C'est à peine sept mètres de hauteur, répondit-il en lui adressant un sourire éclatant.

— Vas-y, si tu veux. Il est hors de question que je saute.

— C'est toujours un peu effrayant mais l'expérience n'en est que plus exaltante, souffla-t-il contre ses lèvres.

Il devina au léger écarquillement de ses yeux qu'elle était excitée.

— Dis oui, Alexis.

Elle releva le menton avec fierté.

— Oui.

Il l'attira à lui, à nouveau dévoré par le désir de la posséder et elle se laissa faire, confiante. Leurs doigts s'entremêlèrent et quand elle riva son regard au sien, il y vit brûler une flamme d'impatience. Alors, sans lui laisser le temps de réfléchir, il la saisit plus fermement et sauta dans le vide avec elle.

Pendant un instant, toute trace d'angoisse et d'inquiétude liée à son passé disparut. Une joie féroce et incandescente le gagna tandis que les eaux claires de la mer Égée les engloutissaient tous les deux.

Au début, Christos fut comme aveuglé, sa vue obstruée par un million de bulles. Puis il repéra Alexis sur sa gauche, qui lui adressa un sourire éclatant de bonheur. Il nagea jusqu'à elle pour l'entourer de ses deux bras, puis plaqua ses lèvres sur les siennes. Elle enroula ses jambes autour de sa taille et lui rendit son baiser avec la même ferveur alors qu'ils glissaient sous l'eau.

Le besoin d'oxygène les força à refaire surface mais Christos n'était pas prêt à la laisser partir. Les bras toujours serrés autour d'elle, il parvint d'un mouvement de jambes à les faire avancer jusqu'au rocher lisse situé non loin de là.

— Comment as-tu trouvé l'expérience ? demanda-t-il en tirant lentement sur la ficelle de son haut de bikini.

Elle le regarda faire en rougissant.

— C'était… excitant, répondit-elle à voix basse.

Il grogna de désir et lui ôta son bas de maillot avant de se débarrasser du sien.

Le soleil déjà haut baignait la roche et Alexis d'une lumière dorée. Il se recula un instant pour se délecter de cette vision et, incapable de résister davantage, il se plaqua contre elle, lui arrachant un gémissement de plaisir qui le rendit fou. Lorsqu'il la pénétra et qu'elle cria de bonheur, il sut que son monde avait changé irrémédiablement.

En l'accueillant au plus profond d'elle, Alexis eut le sentiment d'avoir trouvé un foyer. Un endroit où elle voudrait demeurer pour toujours. Elle s'était doutée que ce n'était pas seulement l'île qui exerçait sa magie sur elle et qu'elle était en danger depuis longtemps. Mais la nuit précédente avait scellé son destin. Elle avait ressenti une telle sécurité dans les bras de Christos…

— Tu ne m'as jamais dit quand tu es venu ici pour la dernière fois, lui dit-elle en passant sa main sur son torse sculpté, une fois de retour dans la grotte.

— Je viens là chaque fois que je suis sur l'île mais quand j'étais enfant, c'était mon sanctuaire. Un endroit où je pouvais laisser libre cours à mon imagination. Maintenant, je vois les choses différemment.

— Pour quelle raison ?

Christos marqua une longue pause avant de répondre :

— Parce que tu es là.

À ces mots, Alexis fut prise d'un besoin terrifiant de se serrer contre lui avant de s'endormir, lovée contre lui.

Et lorsqu'il la réveilla, peu de temps après pour l'emmener une fois de plus au paradis, elle comprit que son cœur, qu'elle avait eu tant de mal à protéger, ne lui appartenait plus.

10.

Alexis se préparait pour la fête de Costas avec autant d'impatience que d'appréhension. Heureusement, il y avait eu tant à faire au cours des jours précédents qu'elle n'avait pas eu beaucoup de temps pour y penser.

Toutefois, dans les rares moments de calme, elle s'était demandé si, malgré toutes les précautions qu'elle avait prises, elle n'allait pas au-devant d'un chagrin d'amour dévastateur. Une souffrance qui surpasserait celle de sa dernière histoire qui lui semblait maintenant insignifiante à côté de ce qu'elle vivait avec Christos.

Mais que vivait-elle exactement ?

Ces pensées effrayantes se dissipaient rapidement lorsqu'il la prenait dans ses bras, le soir dans leur lit. Et bien qu'elle sache qu'elle s'enfonçait chaque jour un peu plus dans ce tourbillon émotionnel, elle l'accueillait toujours avec ferveur. Tout en s'accrochant à la conviction que les choses reviendraient à la normale lorsqu'ils quitteraient l'île.

Hormis le fait que…

Une vie sans lui n'aurait plus aucun sens.

— Tu es prête, *matia m*…

Elle se retourna. Debout sur le seuil de son dressing, Christos la fixait, l'air stupéfait.

— Qu'y a-t-il ?

— Tu es… éblouissante, murmura-t-il d'une voix rauque.

Alexis sourit de plaisir. Elle avait revêtu une robe dos nu grise bordée de cristaux qui la moulait du buste aux cuisses avant de tomber dans une chute de paillettes argentées jusqu'à ses pieds.

— Dans ce cas, la robe fait le job.

Il esquissa un sourire de prédateur tout en s'approchant d'elle.

— Ce n'est pas la robe. C'est la femme qui est dedans.

— Je… merci.

Il se pencha dans son cou pour respirer son odeur.

— Une femme dans laquelle j'ai envie d'être en ce moment même.

— Christos…

Il leva la tête et effleura ses lèvres.

— *Thee mou.* Je ne sais pas pourquoi tu me fais ça, souffla-t-il à voix basse.

Son cœur bondit dans sa poitrine mais, au fond d'elle, elle savait qu'en continuant à s'offrir comme elle le faisait sans retenue à cet homme, elle se mettait en grand danger. Et pourtant, quand il l'attira à lui, elle trembla de désir de la tête aux pieds.

— J'ai envie de toi, grogna-t-il contre sa bouche.

— Christos… nous devons être…

— Nulle part ailleurs qu'ici et maintenant. J'ai besoin d'être en toi.

La crudité de ces mots fit naître un frisson délicieux à travers tout son corps. Quand il la plaqua contre le mur frais de la pièce, elle abandonna toute volonté de résistance. Et lorsqu'il remonta sa robe et lui arracha sa culotte, elle ne pensait plus à rien d'autre qu'à lui.

— Lève ta robe pour moi, *agapita.*

Elle obtempéra en tremblant tandis qu'il baissait son pantalon. Elle enroula ses jambes autour de sa taille et quand il la prit et qu'elle le sentit chaud et dur en elle, elle crut défaillir de plaisir.

Il pressa sa bouche contre la sienne et leurs langues s'emmêlèrent dans un baiser fougueux. Un mouvement ayant attiré le coin de son œil, Alexis tourna la tête. Christos suivit son regard et, ensemble, ils se regardèrent dans le grand miroir du dressing tandis qu'il la pénétrait, encore et encore.

Plongée dans cet érotisme brûlant, Alexis savait qu'il brillait dans ses yeux quelque chose qui allait bien au-delà du désir. Quelque chose de sacré et de précieux qui aurait dû rester enfoui. Elle oublia tout, et quand l'orgasme l'emporta, Christos étouffa sa plainte dans un baiser avant de la suivre dans l'extase.

Tandis que, essoufflée, elle tentait de recouvrer ses esprits, elle sentit soudain un contact frais autour de son cou et s'aperçut que Christos venait d'y accrocher un collier. Elle eut le souffle coupé en découvrant des diamants étincelants.

— J'étais venu pour t'offrir ça, murmura-t-il doucement en la couvrant de petits baisers.

Elle se regarda dans le miroir. Son chignon élaboré qui dégageait son cou mettait en valeur la magnificence des pierres précieuses.

— Oh ! il est sublime ! s'exclama Alexis d'une voix tremblante. Mais je ne peux pas l'accepter. C'est… trop.

Il eut un regard dur en s'écartant d'elle.

— Tu es ma femme. On s'attend à ce que je te fasse ce genre de cadeaux.

Une pointe de douleur la transperça et, pourtant, elle ne pouvait s'en prendre qu'à elle-même. Pourquoi avait-elle été aussi naïve ?

— Bien sûr. Tu as raison. Dans ce cas, je ne vois pas pourquoi je le refuserais.

— En effet, déclara-t-il froidement avant de se rhabiller.

Alexis prit une grande inspiration. Elle avait besoin d'un moment de calme pour se recentrer après cette tempête d'émotions contradictoires.

— C'est tout ? demanda-t-elle en levant les yeux vers lui.

— Alexis…

— Nous étions déjà en retard avant que tu n'arrives. J'ai

besoin de rafraîchir mon maquillage. Sans parler de mes sous-vêtements que tu as arrachés, ajouta-t-elle en rougissant.

Il la fixa silencieusement un long instant avant de répondre :

— Je t'attendrai dans le salon dans cinq minutes.

Elle le regarda quitter la pièce en ayant le sentiment d'être au bord d'un gouffre. Chassant cette sensation, elle se rhabilla et, après une touche de fond de teint, elle le rejoignit dans la suite.

Debout face à la fenêtre, Christos observait les yachts élégants des invités qui avaient commencé à accoster deux heures auparavant. Il se retourna à son approche et la balaya du regard, s'attardant un instant sur ses hanches avant de lui tendre la main sans un mot.

Alexis s'efforça de contenir sa souffrance tandis qu'ils descendaient en silence les marches de l'escalier qui menait à la terrasse où avait lieu la fête.

La foule d'une centaine de personnes se retourna à l'unisson lorsqu'ils apparurent. Puis dans un murmure croissant, un cortège d'hommes en smoking et de femmes élégantes parées de bijoux éblouissants vinrent à leur rencontre pour accueillir Christos et sa mystérieuse épouse.

Alexis, bouleversée par ce qu'il venait de se passer entre eux et par la conviction qu'elle était en train de tomber amoureuse de Christos, ne retint aucun nom.

Lorsqu'ils parvinrent enfin à se glisser jusqu'à l'invité d'honneur, elle soutint sans ciller le regard inquisiteur du vieil homme avant de se pencher pour déposer un baiser chaleureux sur sa joue.

— Joyeux anniversaire, Costas.

Il lui adressa un sourire quand elle se redressa.

— *Ne*. C'est en effet joyeux, répondit-il, énigmatique, avant de se tourner vers son petit-fils.

Ils parlèrent quelques instants en grec avant qu'un groupe d'amis ne viennent les interrompre.

Alors qu'elle se préparait à demander discrètement à

Christos ce qui venait de se passer, un homme s'approcha d'eux. Petit et carré, il avait une dizaine d'années de plus que Christos mais son visage à l'expression sévère portait l'empreinte des Drakakis. Il était accompagné d'une grande blonde aux lèvres exagérément gonflées et au buste déviant toute gravité.

— Ah, Christos, c'est aimable à toi de nous honorer de ta présence. Je commençais à penser que l'esprit de Costas lui jouait des tours quand il disait que vous étiez ici.

En apparence, Christos resta imperturbable, mais Alexis sentit sa main se raidir dans la sienne.

— Il n'y a rien qui cloche avec sa mémoire, Georgios, répondit-il d'un ton calme mais néanmoins menaçant.

Son cousin leva la main en un geste de reddition très exagéré.

— Bien entendu ! s'exclama-t-il sans la moindre trace de remords avant de se tourner vers Alexis. Bonjour, je suis Georgios Pantelli et voici ma femme Arianna. Vous devez être l'insaisissable épouse de Christos.

— Alexis. Ravie de vous rencontrer, dit-elle en tendant la main vers lui.

Il hésita une fraction de seconde avant de tendre à son tour une main légèrement moite. Quant à sa femme, elle la salua en lui jetant un regard presque hostile.

— Vous êtes époustouflante, lança-t-il. Si je n'étais pas moi-même marié à une femme sublime, je penserais que Christos vous cache par peur de la concurrence.

— Je vois que tu as toujours une aussi haute idée de ta personne, répliqua celui-ci.

Une lueur mauvaise brilla un instant dans le regard de Georgios avant qu'il ne reprenne son air faussement affable. Il éclata d'un rire gras qui fit se retourner plusieurs personnes.

— Nos petits badinages entre cousins m'ont manqué, ricana-t-il avant de prendre le bras de Christos et d'ajouter à voix basse : tu as peut-être eu l'attention de Costas quand tu étais enfant mais les choses ont changé et j'ai fait mes preuves, contrairement à toi. Drakonisos sera bientôt à moi.

Christos lui adressa un sourire carnassier et, se dégageant de son emprise, répondit :

— Et je peux savoir quelles sont ces preuves ?

Georgios fit un pas en arrière tout en réajustant le pan de sa veste.

— Je vois que tu es hors du coup, une fois de plus. Costas a besoin d'héritiers pour diriger cet endroit. J'ai compris que le premier d'entre nous qui deviendra père sera maître de l'île. Et je compte fièrement lui annoncer demain que ma femme me donnera un enfant dans six mois. Tu as perdu. C'est aussi simple que ça.

Christos resta immobile, le visage impassible, tandis que son cousin s'éloignait, sa femme accrochée à son bras.

Quant à Alexis, mille pensées se bousculèrent dans sa tête jusqu'à se concentrer sur deux moments précis. Le premier avait eu lieu le matin après leur nuit dans la grotte. Le second, une heure plus tôt, dans son dressing. Durant ces deux épisodes où la passion les avait emportés, ils ne s'étaient pas protégés.

Tandis qu'elle s'efforçait de se rassurer en se disant que leur imprudence n'aurait pas de conséquence, elle sentit Christos se tendre comme jamais. C'est alors qu'elle s'aperçut qu'un autre homme s'était approché d'eux. Sa ressemblance avec Christos était saisissante.

Le père et le fils se regardèrent en silence quelques instants.

— Que veux-tu ? murmura enfin Christos entre ses dents.

Un voile de tristesse parcourut le visage du plus âgé avant qu'il n'affiche une expression aussi neutre que celle de son fils.

— Simplement avoir avec toi une conversation cordiale. Après tout, c'est une fête ce soir.

— Cordiale ? répéta Christos d'une voix trempée de colère. Je te recommande vivement de vérifier la définition de ce mot avant de l'utiliser, *pateras*.

Un sourire crispé tordit les lèvres de l'homme.

— Au moins, tu m'appelles toujours « père ». Je prends cela pour une petite victoire. Comptes-tu me présenter ? ajouta-t-il en se tournant vers Alexis.

Un silence pesant s'installa entre eux.

— Non.

— Je m'appelle Agios, dit l'homme en tendant la main à Alexis.

Pour la deuxième fois, elle saluait un membre de la famille de Christos qu'elle n'était pas sûre d'apprécier.

— Alexis... Drakakis, ajouta-t-elle au dernier moment.

Cette fois, elle sentit une énergie différente briller dans le regard que Christos lui lança.

— Tu t'es donné en spectacle comme tu le voulais, dit-il à l'adresse de son père. Maintenant, sens-toi libre de partir.

Une lueur combative brilla furtivement dans les yeux d'Agios.

— Cela fait cinq ans que j'essaie de te parler. J'espérais que tu m'accorderais quelques minutes ce soir.

Cette nouvelle surprit Alexis. Elle avait toujours pensé que le père et le fils se tenaient mutuellement éloignés. Mais lorsqu'elle leva les yeux vers Christos, elle devina dans son visage aussi dur que du granit qu'il ne montrerait aucun signe d'adoucissement.

— Eh bien, tu as eu tort. Maintenant, si tu veux bien nous excuser...

D'une poigne ferme, il entraîna Alexis à l'écart de la fête tandis qu'elle tentait de comprendre ce qui venait de se passer.

Une fois de plus, elle se retrouva pressée contre un mur mais cette fois, nulle trace de passion brûlante dans le regard de Christos.

— Y a-t-il quelque chose dont nous devons parler ? souffla-t-il. Je t'ai vu pâlir quand Georgios a évoqué son futur enfant.

Comment avait-il deviné ses pensées ? Cet homme la connaissait si bien...

— *Thee mou*, murmura-t-il, se pourrait-il que tu sois enceinte ?

Troublée, elle leva les yeux vers lui, et plongea dans un cyclone de gris traversé d'éclairs aveuglants.

— Je… Les chances sont faibles, répondit-elle, perdue dans des calculs frénétiques.

— Si c'était le cas, j'en partagerais la responsabilité avec toi, bien sûr. Quand le sauras-tu ?

— Dans une semaine. Peut-être moins.

Des rires accompagnés de tintements de verres se firent entendre à côté d'eux et il s'écarta d'elle.

— Ce n'est pas le moment d'en parler.

Ils revinrent se mêler à la foule, cette nouvelle planant entre eux comme une ombre oppressante. Durant toute la soirée, Alexis songea à cette possibilité qu'elle porte l'enfant de Christos. La probabilité était infime, pourtant elle faisait naître en elle une émotion intense. Chaque fois qu'il la touchait, chaque fois qu'il la présentait comme sa femme et que ses yeux gris orageux croisaient les siens, son cœur s'emballait dans sa poitrine.

Alors que la fête touchait à sa fin, ils retrouvèrent Costas qui était entouré d'un petit groupe d'invités très empressés. Alexis allait s'asseoir quand Christos l'attira sur ses genoux. Elle dut faire preuve de sang-froid pour cacher sa surprise et ne put s'empêcher de rougir face aux regards suggestifs qui se posaient sur elle.

— Détends-toi, murmura Christos à son oreille, une main posée sur sa hanche.

Mais comment y arriver ? Outre le fait qu'Alexis mourait d'envie de se blottir dans ses bras, elle était aussi consciente des regards fréquents que lui jetait le père de Christos et de l'expression de regret qu'elle y lisait lorsqu'il s'attardait sur son fils, pensant que personne ne le voyait.

Une heure plus tard, lorsque les derniers yachts eurent appareillé et que les invités se furent retirés dans leurs suites, elle en profita pour tenter de s'éclipser.

— Je suis épuisée. Je pense que je vais monter.

Christos se leva en même temps qu'elle.

— Je viens avec toi, dit-il doucement en lui prenant la main.

— Tu n'es pas obligé…

— Arrête, Alexis. Nous avons dépassé ce stade, toi et moi…

Saisie d'une pensée soudaine, elle s'immobilisa sur la première marche de l'escalier qui menait à leur suite.

— Qu'en est-il de ton père et de son souhait de te parler ? Vous avez dépassé ce stade également ?

Le regard de Christos se transforma en glacier.

— Comment ?

— Tu comptes l'éviter pour toujours ? Ou juste attendre qu'il soit trop tard pour faire quoi que ce soit ?

— Attention, Alexis, répondit-il à voix basse, tu t'aventures sur un terrain dangereux.

— Vraiment ? osa-t-elle, incapable de se retenir davantage.

Au cours de l'heure précédente, elle avait imaginé le genre de famille qu'elle pourrait fonder avec Christos. La vie qu'elle avait toujours rêvé d'avoir. La possibilité qu'elle soit enceinte n'avait fait que renforcer ce souhait.

— Je sais qu'il t'a fait souffrir mais j'ai l'impression qu'il le regrette. Tu devrais lui donner une …

Elle s'interrompit en voyant l'homme en question apparaître derrière l'épaule de Christos, qui se retourna en suivant son regard.

— Christos, il faut vraiment que je te parle, déclara Agios d'une voix dont l'autorité naturelle rappela immédiatement à Alexis celle de son fils.

Devinant que celui-ci était sur le point de refuser à nouveau, elle décida d'intervenir :

— Vas-y, Christos. Il faut que j'appelle Sophie de toute façon.

Avant qu'elle s'échappe, il lui saisit la main et murmura en effleurant sa tempe de ses lèvres :

— Tu ne perds rien pour attendre.

Sur ces mots, il se retourna et s'éloigna sans un regard pour son père qui le suivit. Une minute plus tard, elle entendit la porte de son bureau s'ouvrir et se fermer.

La gorge nouée, elle gravit les marches qui la menaient à sa suite et, une fois dans la salle de bains, elle se déshabilla rapidement et se prépara pour la nuit. Ce n'est que lorsqu'elle se glissa sous les draps que la vérité lui parvint, aussi claire que du cristal de roche.

Elle était folle amoureuse de Christos.

Et contre toute attente, malgré les barrières qu'elle avait érigées autour de son cœur, elle se retrouvait à présent dans une situation qui lui permettrait peut-être d'atteindre ce qu'elle avait toujours désiré dans la vie.

Elle passa la main sur son ventre et un nouveau frisson la parcourut. Était-il possible qu'elle soit *enceinte* ?

Tous les sens en éveil, Alexis garda les yeux grands ouverts. Elle attendait le retour de son amour.

Christos entra dans son bureau, partagé entre impatience et anxiété. Il s'était cru immunisé contre l'effet que son père avait sur lui mais, au moment où il s'était retourné pour lui faire face, il avait compris qu'il n'en était rien. Il se dirigea vers la porte en se maudissant d'avoir écouté Alexis.

— C'était une erreur.

— Fuir ne résoudra rien, mon fils.

Christos fit demi-tour, soudain furieux.

— Pardon ? Comment oses-tu ?

— Laisse couler ta colère. Je préfère cela au silence et à l'indifférence glaciale, répondit son père, une lueur de tristesse dans le regard.

— Quoi que tu essaies d'obtenir ici, tu ferais mieux de choisir tes mots avec soin, l'avertit Christos.

Avec un soupir, Agios se laissa tomber lourdement dans un fauteuil.

— Je mérite ta colère. Tu as tous les droits de la ressentir.

Christos lutta pour refouler le trouble qui s'emparait de lui. C'était trop facile.

— Merci de m'accorder la permission de te détester, lança-t-il d'un ton sardonique.

— Pendant tout ce temps, je pensais que tu avais été épargné mais je me suis trompé, murmura Agios en secouant la tête. Tu es vraiment le fils de ton père.

— Je n'ai rien à voir avec toi ! s'écria Christos en tremblant de fureur contenue.

C'était impossible. Pas avec tout le mal qu'il s'était donné pour se libérer des émotions négatives qui avaient jalonné son enfance. Pour être différent de ses parents.

Et si son père avait raison ? L'enfant qu'Alexis portait peut-être allait-il vivre la même chose ? Il frissonna de terreur à cette idée.

— Fils, qu'y a-t-il ?

— Dis ce que tu as à dire et finissons-en.

Il avait besoin de temps pour réfléchir. Se sevrer de ce sentiment de joie pure qui l'avait gagné en apprenant qu'Alexis pourrait être enceinte. Et accepter la réalité accablante : il ne pouvait pas faire cela. Jamais il ne serait un père convenable. À cause de l'homme assis en face de lui.

— Toutes ces années, j'ai voulu… te demander pardon.

Une pointe de douleur traversa Christos.

— Pourquoi ?

— Parce que je vous ai fait du mal à ta mère et à toi. J'ai laissé mon amertume prendre le dessus. Quand elle a menacé de me quitter, j'étais juste… Nous n'aurions pas dû te mettre au milieu de nos problèmes. Je sais que Nadia ressent la même chose.

— Il est trop tard, déclara Christos.

Il n'allait pas céder et redevenir ce petit garçon en manque d'affection. Il était un homme à présent.

— Tu as trente ans de retard. À toi de vivre maintenant avec la certitude que tes actions ont créé un monstre.

Il se rendait compte que tout ce qu'il avait bêtement espéré vivre avec Alexis ne se produirait jamais. Elle méritait tellement plus. Plus que ce qu'il ne pourrait lui offrir. Bouleversé par cette vérité implacable, il sentit un voile de glace le recouvrir.

— Christos…

— Au revoir, père.

Il quitta la pièce, différent de l'homme qu'il était en y entrant. Car toute joie l'avait quitté.

Alexis ouvrit les yeux, éblouie par la lumière du soleil qui filtrait dans la pièce. Elle remarqua tout de suite l'espace vide et froid à côté d'elle. Mais ce n'est que lorsqu'elle repéra les deux grandes valises posées devant le dressing de Christos que le malaise s'empara d'elle.

Quand il entra dans la pièce un instant plus tard, il se figea en la regardant, puis détourna les yeux. Mais dans cette fraction de seconde, la résignation qu'elle lut sur son visage augmenta son trouble.

Elle serra le drap contre sa poitrine, s'efforçant de chasser la confusion qui régnait dans son esprit.

— Tu n'es pas venu te coucher hier soir.

Une lueur brilla fugacement dans les yeux de Christos avant que les traits de son visage ne se tendent et qu'il regarde l'heure à sa montre.

— Non…

Voyant qu'il ne donnerait pas davantage de détails, elle insista :

— Tu as fait tes valises. Est-ce que tu… est-ce que nous partons ?

— Je prends l'avion pour Athènes. L'ex de Demitri a accepté les termes de notre accord. Il veut que tout soit signé avant qu'elle ne change d'avis.

Alexis fronça les sourcils et se leva.

— D'accord, je vais préparer mes affaires.

— Non. Tu restes ici.

Elle se figea.

— Mais je suis ton assistante. Je voyage toujours avec toi. Tu vas avoir besoin de moi…

— Je n'ai pas besoin de toi.

Elle prit une grande inspiration avant de parvenir à reprendre la parole :

— Tu veux dire, à cette occasion ou de manière générale ?

Il se détourna, les mâchoires serrées.

— Je reviendrai, une fois que j'aurai réglé le problème.

— Tu ne m'as pas répondu. Est-ce à cause d'hier soir ? Parce que je t'ai conseillé de parler à ton père ? Que voulait-il te dire de si important ?

Il l'écartait, et si ce sentiment était douloureusement familier, elle ressentit pour la première fois une envie de se battre, de ne pas accepter son sort.

— Il m'a maladroitement présenté ses excuses pour la façon dont il m'avait traité quand j'étais enfant, répondit finalement Christos. Je n'ai pas l'intention de les accepter.

Elle frissonna comme si un vent glacé l'avait soudain enveloppée.

— Je suppose que vous n'avez pas discuté toute la nuit. Alors pourquoi n'es-tu pas venu me rejoindre ? Est-ce parce que je t'ai dit que j'étais peut-être enceinte ? Parce que tu es terrifié à l'idée de devenir père ?

Il pencha la tête en arrière, comme sonné.

— Tu as dit que les chances étaient infimes.

— Et si elles ne l'étaient pas ?

Le visage de Christos était livide. De toute évidence, il luttait pour garder le contrôle de ses émotions.

— Tu acceptes rarement des affaires impliquant des enfants et lorsque tu le fais, tu prends toujours garde à ce qu'on s'occupe bien d'eux, reprit-elle. Tu te bats aussi pour ton filleul et, pourtant, la possibilité que je sois enceinte t'est insupportable ?

Les yeux de Christos brûlèrent d'un feu menaçant.

— Tu te méprends, Alexis *mou*. Je déteste perdre. Point final. Un enfant qui souffre parce que je n'ai pas fait correctement mon travail, c'est un échec pour moi. Voilà tout.

— Est-ce vraiment si difficile pour toi d'admettre que tu as des sentiments, Christos ? Qu'un cœur bat dans ta poitrine et qu'il peut souffrir à l'idée de perdre quelqu'un ?

— Alexis…

— Un cœur qui tôt ou tard pleurera Costas lorsqu'il ne sera plus là, poursuivit-elle.

Comme elle aurait voulu retrouver l'homme qui lui avait fait l'amour dans la grotte… au lieu de cet inconnu glacial. Elle s'enroula avec le drap et sortit du lit.

Il passa en tremblant la main dans ses cheveux et elle s'accrocha à cet infime signe de vulnérabilité pour reprendre espoir.

— Bien sûr que je pleurerai sa perte. Comme je pleurerai tout ce à quoi je tiens dans ma vie. Que cherches-tu à prouver, Alexis ? Que je suis un être insensible et incapable d'aimer ?

Elle secoua la tête.

— Je *sais* que tu éprouves des émotions. J'ai vu combien tu peux être bouleversé quand tu perds une affaire. Seulement, c'est un autre type de sentiments que je recherche chez toi.

— Pourquoi ?

— Parce que j'ai besoin de savoir si tout cela en valait la peine ! s'exclama-t-elle. Que je ne me suis pas précipitée devant l'autel sans rien obtenir en retour.

Christos la regarda avec stupéfaction, puis son visage pâlit sous l'effet de la colère.

— Je ne t'ai jamais rien promis… Quoi que tu veuilles.

— Si tu ne sais même pas ce que je veux, comment peux-tu savoir que je ne l'obtiendrai pas ?

— Parce que je suis incapable de te donner ce dont tu as besoin, s'écria-t-il. Ces émotions que tu évoques me sont étrangères. J'élabore des stratégies et je gagne. C'est le seul carburant dont j'ai besoin.

— Tu aimes…

— Je n'aime rien !

Une lame de souffrance la transperça mais elle eut la force de poursuivre :

— Y compris ton grand-père ? C'est parce que tu le détestes que tu lui as caché les circonstances exactes de notre mariage ? Ou cherches-tu au contraire à le protéger parce que tu tiens à lui ?

— Tout ce qui m'intéresse, c'est Drakonisos.

— Pourquoi ? Ce n'est qu'un morceau de caillou. Des rochers, de la terre, des plantes et de l'eau. Pourquoi se donner tant de mal pour ce bout de terrain alors qu'il en existe des centaines d'autres pour lesquels tu pourrais dépenser tes millions ?

— Parce que c'est un lieu spécial ! Et qu'il est à moi ! Tu sais ce que je pense des choses qui me reviennent.

— Oui. Tu veux les posséder. Mais une fois que c'est fait, elles n'ont plus d'importance à tes yeux. Tu te bats de toutes tes forces pour cet endroit mais une fois que tu l'auras acquis, y reviendras-tu seulement ?

Sa voix vacilla.

— C'est peut-être pour cette raison que Costas exigeait que tu fasses tes preuves, ajouta-t-elle. Il voulait être sûr que tu étais capable de *ressentir* quelque chose.

— Il le sait. Il sait que c'est le seul endroit…

Il s'interrompit et s'écarta d'elle, comme pour se libérer des émotions qui l'assaillaient.

— Dis-le ! ordonna-t-elle. Il n'y a que moi ici qui t'entendrai, Christos. Et je ne te trahirai pas, tu le sais.

Il eut un rire méchant.

— Cela ne te vient pas à l'esprit que je n'aie aucune intention de me confier à toi ?

— Tu as beau te montrer cruel, je sais ce que tu ressens.

Après ce que tes parents t'ont fait subir, tu es terrifié à l'idée d'être père.

— Assez, murmura-t-il. Stop.

— Nous pouvons y arriver ensemble, Christos. Qu'est-ce que tu as à perdre ?

— C'est moi qui vais me perdre ! Parce que tu en sais trop. Parce que tu me fais…

— Je te fais quoi ? insista-t-elle, consciente qu'elle le poussait à bout.

— C'est sans importance…

— Si c'était le cas, tu ne t'en irais pas. Et tu ne me laisserais certainement pas derrière toi.

Il s'approcha et riva son regard au sien.

— Tu es implacable, Alexis, même quand tu es silencieuse. En ta présence, je crains de perdre le contrôle.

Elle retint sa respiration.

— Christos…

— Tu veux savoir pourquoi je ne peux pas pardonner mes parents ? Aucun d'eux ne m'a choisi, *moi,* leur fils ! Je n'ai été qu'une arme entre leurs mains, qu'ils utilisaient pour se faire du mal l'un à l'autre. Ma mère menaçait mon père d'un divorce pour capter son attention. Il a fini par accepter mais par fierté et pour punir ma mère, il a choisi de déchirer sa propre famille.

— A-t-elle demandé ta garde ?

— Oui, mais elle a vite regretté cette décision. Quand mes parents se sont lassés de m'utiliser, ils m'ont abandonné ici. Et c'est seulement alors que j'ai trouvé un semblant de répit.

— Je suis sincèrement désolée. Mais…

— Il n'y a pas de mais, Alexis. Il n'y a aucune excuse pour traiter un enfant ainsi. Et je ne peux pas risquer…

Il s'interrompit et secoua la tête.

— Il est toujours ton père, Christos. Sais-tu seulement quelle chance c'est d'en avoir un ? Qui regrette les erreurs qu'il a commises ?

Il baissa les bras, le regard sombre.

— Je n'ai pas la prétention de connaître ta souffrance. Fais-en de même avec moi.

Autant se heurter à un mur. Rien ne lui ferait changer d'avis.

— Alors quoi ? Tu t'attends à ce que je reste ici en bonne épouse docile pendant que tu pars sauver le monde ?

Il secoua la tête et Alexis fut prise d'un espoir insensé mais celui-ci fut rapidement anéanti.

— Tu n'as pas eu de véritables vacances depuis que tu travailles pour moi. Je vais mettre mon pilote à ta disposition ainsi que toutes mes propriétés. Va où tu veux et prends du bon temps. Je ne te demande qu'une chose…

— Tu veux savoir si je suis enceinte, devina-t-elle d'une voix tremblante. Tu ne veux pas t'attacher alors qu'est-ce que cela changera si c'est le cas ?

— Je prendrai soin de toi comme je l'ai fait jusqu'à présent.

Elle fronça les sourcils, ne sachant pourquoi ces mots lui faisaient aussi mal.

— Tu crois que j'en ai après ton argent ?

L'espace d'une seconde, il eut l'air dérouté, puis il esquissa un sourire amer.

— Tu voulais bien quelque chose en échange de ton mariage avec moi. Tu peux à nouveau me demander ce que tu veux.

Elle sentit son cœur se briser en mille morceaux dans sa poitrine.

— Cet enfant ne pourrait-il pas être un trésor que nous chéririons tous les deux ? murmura-t-elle d'une voix faible. Que nous aimerions, ensemble ? Que nous verrions grandir, ensemble. Enfin, si je suis enceinte…

Cette fois encore, il eut l'air abasourdi, comme si une telle idée ne lui était pas venue à l'esprit. Soudain, Alexis comprit pourquoi.

— Tu n'as pas l'habitude des relations désintéressées, n'est-ce pas ? C'est pour cela que tu termines toutes tes liaisons par des cadeaux somptueux ? Parce que tu penses que c'est ce que l'on attend de toi ?

Elle désigna le collier qu'elle avait posé sur sa table de chevet.

— C'était pour ça, les diamants ? Tu pensais qu'une fois que tu m'aurais payée, je n'aurais plus le droit d'exiger quoi que ce soit de toi ?

Il la regarda fixement avant de se détourner.

— Je ne sais pas à quel moment tu as pensé que j'avais signé pour une psychanalyse mais je t'assure que ça commence à devenir ennuyeux.

Alexis allait répondre quand un coup fut frappé à la porte. Elle ramassa la robe tombée au pied du lit et, en évitant le regard de Christos, elle la passa avant d'ajuster sa ceinture.

Il ouvrit la porte et ordonna à son personnel de descendre ses bagages.

Elle resta immobile quand il se tourna vers elle.

— Alexis…

— Si c'est pour m'expliquer une fois de plus que je t'ennuie, ce n'est pas nécessaire. Je suppose qu'on s'est tout dit…

Elle s'accrochait à sa colère comme à une bouée car elle savait qu'elle seule l'empêchait de s'effondrer.

Christos sembla sur le point de parler mais il quitta la pièce sans un mot de plus.

Restée seule, Alexis tituba jusqu'au lit et s'y allongea, sonnée. Au bout de quelques minutes, elle entendit un hélicoptère décoller et ne bougea pas. De la même façon, elle resta immobile les yeux fixés au plafond quand on frappa à la porte plus tard dans la soirée.

Le sentiment de perte lui semblait insurmontable. C'était comme si son monde s'était écroulé en l'espace d'une seconde, lui donnant la nausée. Mais au fond, était-ce vraiment son monde ?

Quelle importance à présent ? Elle avait joué avec son cœur et elle avait perdu. Une fois de plus.

Cet état de stupeur persista au cours des jours suivants. Les seules fois où Alexis avait conscience du monde étaient les moments qu'elle passait en compagnie de Costas. Et si le regard du vieil homme se posait sur elle par intermittences, pas une fois il n'évoqua l'absence de son petit-fils.

Une semaine passa ainsi sans qu'elle sache toujours si elle portait ou non l'enfant de Christos. Mais cela ne diminuait en rien le désir ardent qui régnait dans son cœur.

Et lorsque dix jours plus tard, elle accepta le fait que Christos ne reviendrait pas et qu'elle devrait peut-être faire face à cette maternité seule, elle fit ses bagages et prit congé de Drakonisos.

11.

Cela aurait dû être simple.

Christos s'était engagé sur un chemin périlleux et il avait tout simplement rectifié le tir. De la même façon, il avait rejeté les excuses maladroites de son père et n'avait pas tenu compte des conseils d'Alexis qui pensait qu'il restait un espoir de restaurer leur relation.

L'espoir lui était étranger. Et il n'avait nul besoin des regrets de son père pour aller de l'avant.

Alors pourquoi pensait-il sans arrêt aux mots qu'Alexis avait prononcés ? Pour quelle raison était-il incapable d'oublier le regard de son père quand il avait mis fin à leur discussion ? Et surtout, pourquoi avait-il passé ces deux dernières semaines avec la sensation d'avoir commis la pire erreur de sa vie ?

« Nous pouvons y arriver ensemble, Christos. »

La douce promesse l'avait terrifié plus que tout le reste. Il se souvint de la joie pure qui avait illuminé son âme en apprenant qu'il pourrait être père puis de sa frustration en admettant qu'il n'avait pas ce qu'il fallait pour cela.

C'est fort de cette conviction qu'il avait quitté Drakonisos à bord de son hélicoptère. À Athènes, le tribunal avait finalement accordé à Demitri la garde d'un de ses fils. Christos avait ensuite obtenu un arrangement à l'amiable pour que son ami récupère également la garde de son autre enfant.

Il s'efforça de rester en retrait en observant les retrouvailles du père et de ses garçons. Il ne pouvait chasser la clameur dans son cœur qui était née à l'instant où Alexis avait confié qu'elle était peut-être enceinte. Mais le sort avait voulu qu'il revoie son père le même jour, comme un rappel opportun de son passé. Et de ce qu'il avait dû surmonter.

Au fond, il ne s'était jamais senti aussi vulnérable que lors des heures qui avaient suivi leur entrevue, alors qu'il arpentait dans la nuit cette terre qui avait été son seul foyer dans la vie. Christos se sentait incapable d'offrir à Alexis l'amour dont elle avait tant besoin. Tous les scénarios possibles exigeaient qu'il ouvre son cœur, s'exposant à souffrir davantage. Parce que si lui-même avait cherché l'amour dans son enfance, son propre enfant ne ferait-il pas de même ? Tout comme cette femme qui l'avait incité à être courageux, puis qui l'avait regardé partir, les yeux emplis de douleur.

Il passa une main sur sa mâchoire rugueuse et grimaça en se rappelant à quel point Alexis aimait sa barbe naissante. Il sentait en lui un gouffre qui s'élargissait un peu plus à chaque minute où la jeune femme était absente de sa vie.

Depuis deux semaines. Une éternité.

Elle n'avait pas répondu à ses mails ni à ses textos depuis cinq jours. Et avant cela, ses réponses avaient été très laconiques. Au début, il n'avait pas cherché à la retrouver pour une seule raison : il était terrifié. D'abord à l'idée qu'elle porte son enfant, puis que ce ne soit pas le cas.

Avec le temps, il avait réussi à calmer un peu ses nerfs et s'était rappelé tout ce qu'elle lui avait dit. Sur l'espoir. Il se souvenait de sa foi face à ce qui aurait dû être une situation désespérante pour elle, surtout après ce qu'elle avait subi.

« Nous pouvons y arriver ensemble, Christos. »

Ces mots l'avaient fait fuir le plus loin possible et, pourtant, il savait au fond de lui que la vie morne, solitaire et sans âme qu'il avait menée jusqu'à présent l'effrayait encore plus.

Quand il avait finalement découvert où Alexis se trouvait, les mots de la jeune femme avaient eu le temps de fleurir dans son cœur. Et lorsque l'hélicoptère se posa sur le tarmac de l'aéroport de Buenos Aires, il pria pour ne pas avoir tout gâché.

Deux pensées assaillirent Alexis tandis qu'elle voyait s'avancer vers elle l'homme qu'elle aurait tant souhaité haïr. Premièrement, elle aurait dû mettre autre chose que cette petite robe jaune qu'elle portait pieds nus, les cheveux au vent. Deuxièmement, il lui avait terriblement manqué. Et lorsqu'il s'arrêta devant elle, la vérité éclata, limpide : elle l'aimait toujours. Elle était désespérément amoureuse de lui.

— *Kalispera*, Alexis.

Mon Dieu, cette voix… Alexis l'avait si souvent entendue dans ses rêves pour se retrouver au matin avec un sentiment de solitude terrifiant…

— Tu aurais dû m'envoyer un mail pour me prévenir de ta venue. J'aurais fait en sorte de ne plus être là à ton arrivée.

— Dans la mesure où tu es la raison de ma présence ici, cela n'aurait pas été très avisé de ma part.

— Il me reste encore trois semaines de congé à prendre, répliqua-t-elle en relevant le menton. Tu devras trouver quelqu'un d'autre pour me remplacer…

— C'est toi que je veux, Alexis. Personne d'autre.

Elle serra les poings pour se donner du courage.

— Je suis peut-être la meilleure assistante que tu aies jamais eue mais je ne t'appartiens pas, Christos. J'ai décidé que si je retourne travailler pour toi, je ne serai plus à ta disposition vingt-quatre heures sur vingt-quatre. Je mérite une vie. Je mérite plus.

Elle crut voir une pointe de souffrance dans le regard de Christos mais décida de l'ignorer.

— Tu aurais pu disparaître définitivement et pourtant tu as choisi de rester ici, alors que tu savais que je te retrouverais, lança-t-il.

Il avait raison, bien sûr. Alexis aurait pu réaliser le rêve de sa vie et s'envoler pour les Maldives au lieu d'opter pour l'une des villas de Christos. Mais à quoi bon s'asseoir sur une plage immaculée pour ressasser leurs nuits inoubliables à Drakonisos ?

— N'en tire aucune conclusion, murmura-t-elle. L'Argentine est un pays magnifique que je voulais découvrir depuis longtemps et puisque tu as insisté sur le fait que je devais en profiter…

— Toutes ces choses que je t'ai dites étaient fausses, Alexis. Je ne les pensais pas.

Elle retint son souffle et joua nerveusement avec le bracelet qu'elle s'était acheté sur le marché de Buenos Aires.

— Quoi ?

Il baissa les yeux vers ses mains nouées.

— Tu portes toujours ton alliance et ta bague…

Elle haussa les épaules sans parvenir à maîtriser un léger tremblement. Elle n'avait pas encore trouvé la force de les enlever, ce qu'elle ne lui avouerait jamais.

— Je ne connais pas la combinaison de ton coffre-fort ici. Il me semblait plus sûr de les garder aux doigts avant de te les rendre.

— Tu cherches à me blesser et je le mérite largement, répondit-il doucement.

— Pourquoi es-tu là, Christos ?

Cette fois encore, elle surprit un voile de tristesse dans le regard de Christos.

— Je suis un idiot têtu, Alexis. Un idiot qui a pris la fuite parce qu'il ne pouvait supporter la possibilité d'accepter ce qu'il désire par-dessus tout.

Un frisson la parcourut tout entière.

— De quoi s'agit-il ?

— Avoir quelqu'un qui se soucie de moi. Assez pour me tendre la main. Pour me faire passer en premier, comme mes parents ne l'ont jamais fait. Tout ce que tu m'as dit ce matin-là, je voulais le saisir. Mais…

— Mais ton expérience t'a montré que tendre la main comporte un risque. Celui d'être rejeté, n'est-ce pas ?

— Exactement. Même accepter les remords de mon père me semblait impossible. À chacun de ses mots, je m'attendais à être piégé et à avoir le cœur brisé une fois de plus. Mais grâce à toi, je peux enfin envisager la possibilité qu'il ait changé. Qu'il regrette ce qu'il m'a fait.

— Je suis vraiment désolée que tu aies vécu ça, mais… Christos, je ne peux être avec un homme qui s'accroche à sa douleur passée ou qui me rejette comme tu l'as fait. C'est toi qui m'as poussée à surmonter mes blocages au sujet d'Adrian, tu te souviens ? N'est-il pas temps de suivre ton propre conseil ? Je sais que je ne suis pas si spéciale, mais…

— Comment peux-tu en douter une seule seconde ? la coupa-t-il. Ne vois-tu pas à quel point tu l'es, Alexis ? Tu es capable de regarder l'avenir avec espoir malgré ce que tu as vécu. D'envisager d'avoir un enfant en n'ayant pas le moindre doute sur le fait que tu seras une bien meilleure mère que ne l'a été la tienne…

Une lame de tristesse la transperça.

— Je ne suis pas… enceinte, Christos. Je pense que tu devrais le savoir avant de…

— Je le sais, fit-il, le regard assombri. Tu me l'aurais dit, sinon.

Elle hocha la tête.

— Tu n'as donc pas besoin de me faire de déclaration.

— Mais j'en ai envie. Ta résistance farouche, ta conviction que nous pouvons y arriver ensemble… Devenir ce que nos propres parents n'ont pas pu être. C'est la seule chose à laquelle j'ai pu penser.

— La *seule* chose ? répéta-t-elle doucement.

— Non, murmura-t-il d'une voix rauque en plongeant son regard dans le sien. Tu m'as manqué, Alexis. Tellement. Je ne peux pas entrer dans une pièce sans te chercher. Je n'arrive plus à dormir. Je ne mange plus. Ton absence m'anéantit.

— Et pourtant, tu t'es tenu loin de moi pendant des semaines.

— Parce que je pensais que je ne te méritais pas. Je ne le crois toujours pas. Mais tu as raison. Je suis avide. Les choses que j'aime, je veux les avoir près de moi et…

— Attends… les choses… que tu aimes ?

— Comme je déteste avoir fait naître ce doute en toi ! Tu devrais savoir à quel point tu es spéciale en plus d'être merveilleusement belle. Et combien je t'aime profondément, irrévocablement, et cela depuis bien avant que tu t'offres à moi sur cette plage. Bien avant que je comprenne que tu es aussi vitale pour moi que l'air que je respire.

Alexis frissonna comme si chaque fibre de son être s'imprégnait de ces paroles.

— Christos…

Il lui caressa doucement la joue.

— Donne-moi une autre chance. Dis-moi qu'il y a une place pour moi dans ton avenir, même si je ne te mérite pas.

— Tu l'as déjà dit, chuchota-t-elle, la voix tremblante.

— Et je le dirai probablement encore parce que… je ne suis rien sans toi, *agapita*.

— Tu m'aimes… vraiment ? souffla-t-elle.

— Avec chaque cellule de mon corps. Chaque battement de mon cœur. *Se agapo*, Alexis.

Elle sentit naître au plus profond d'elle une joie infinie. Le bonheur dont elle avait toujours rêvé.

— La façon dont tu me regardes, Alexis. Ça me comble. Même si tu ne m'aimes pas…

— Oh, Christos, je t'aime aussi ! s'exclama-t-elle.

Elle vit sa joie se refléter dans ses yeux.

— Dis-le encore une fois, *koukla mou*.

— Je t'aime tellement. Tellement.

Elle tomba dans ses bras et ils s'embrassèrent. Et quand leurs corps se transformèrent en brasier, il la porta dans la maison et ils se déshabillèrent en hâte.

— Tu ne sais pas à quel point ça m'a manqué, grogna-t-il dans son cou.

— Je crois que j'ai une petite idée, répondit-elle avant d'éclater d'un rire joyeux.

Quand il entra en elle, ils restèrent immobiles quelques instants, les yeux dans les yeux, tandis qu'une vague d'amour intense les traversait.

— Je t'aime, dit-il à voix basse. Épouse-moi à nouveau. Devant tous les membres de ma famille, même s'ils ne le méritent pas. Fais-moi l'honneur de m'accepter comme le père de tes enfants.

— Oui, Christos. Je dis oui à tout cela !

Épilogue

Neuf mois et une semaine plus tard, Christos se passait nerveusement la main dans les cheveux tout en faisant les cent pas dans la chambre de la clinique privée.

Peut-être était-ce là son destin : trembler devant la femme qu'il aimait pour l'éternité. Un sacrifice qu'il était prêt à faire, encore et encore. Pour Alexis et pour le cadeau que la vie était sur le point de leur offrir à tous deux. Il sourit en y pensant.

— Tu trouves ça amusant ? gémit la femme de sa vie en lui jetant un regard noir.

— Non, mon amour.

— Tant mieux. Parce que j'ai besoin que tu viennes près de moi maintenant. Je sens une nouvelle contraction qui arrive.

Il s'approcha d'elle, lia ses doigts aux siens, pressa ses lèvres contre sa tempe et resta à ses côtés tandis qu'elle mettait leur enfant au monde.

Et moins d'une heure plus tard, le miracle reposait au creux de ses bras. Christos baissa les yeux vers Diana, leur petite fille et, pour la deuxième fois de sa vie, il tomba éperdument amoureux.

— *Kalosorizo, glykia mou*, murmura-t-il, la gorge serrée par l'émotion.

— Oh, Christos, elle est magnifique !

— Presque aussi belle que sa maman, s'exclama-t-il, incapable de contenir la joie qui le traversait.

— Approche-toi, je veux vous avoir toutes les deux près de moi.

Elle fit de la place sur le lit et tendit les bras vers Christos. Il déposa un doux baiser sur le front de leur fille avant d'embrasser sa femme sur les lèvres.

— Je ne te mérite toujours pas, murmura-t-il.

— Tu m'as donné ton amour et offert la famille dont je rêvais, dit-elle en lui souriant. Il n'y a rien que je désire plus que de t'aimer autant que tu m'aimes.

— Tu as fait de moi l'homme le plus heureux sur terre, Alexis.

Ils regardèrent leur bébé avec adoration pendant quelques instants avant qu'Alexis ne lève les yeux vers lui.

— Combien de temps avons-nous avant que Costas et tes parents exigent que nous leur rendions visite ?

— Une semaine, peut-être deux. Costas semble avoir trouvé un second souffle depuis son opération et il est déterminé à dépenser toute son énergie pour son arrière-petite-fille.

— J'ai hâte de faire découvrir à Diana sa vraie maison.

Ce lieu que le vieil homme avait cédé sans réserve à Christos, après avoir admis que ses machinations avaient pour seul but de le sortir de son apathie et de le pousser à se battre pour la famille qu'il méritait. Depuis quelques mois, Christos avait commencé à reconstruire sa relation avec ses parents, grâce aux encouragements et au soutien d'Alexis.

— Non, *agape mou*. Sa véritable maison se trouve là où tu es. Drakonisos est spéciale car c'est là que nous nous sommes aimés la première fois.

Elle l'enlaça et il eut le sentiment que son cœur allait éclater de bonheur. Parce qu'il savait qu'il trouverait toujours l'amour dans les bras d'Alexis. Elle était son foyer pour le reste de sa vie.

Retrouvez prochainement, dans votre collection

AZUR

Neuf mois avec un Apollon,
de Chantelle Shaw - N°4477

Lissa Buchanan n'est pas l'héritière gâtée que la presse à scandale s'évertue à présenter. En réalité, elle est du genre raisonnable. Du moins, elle l'était jusqu'à sa rencontre avec Takis Samaras. Sous le regard ardent de l'Apollon grec, elle perd soudain le contrôle et s'offre dans ses bras une nuit de plaisir. Une nuit qui entraîne son lot de conséquences. Quand Lissa révèle à son amant qu'elle attend un enfant de lui, Takis exige aussitôt qu'elle l'épouse…

Une maîtresse si délicate, de Carol Marinelli - N°4478

Rien n'avait préparé Mary au choc que lui cause sa rencontre avec Costa Leventis. Aussi sûr de lui qu'elle est réservée, l'homme d'affaires grec la séduit d'un seul regard. Parce qu'il la tire d'une situation délicate, il suscite également en elle respect et admiration. Autant d'émotions qui lui sont interdites, Mary le sait. De condition modeste, elle n'a pas sa place dans le monde glamour de Costa. Et penser le contraire serait pure folie… n'est-ce pas ?

Le mariage de Matteo Vitale,
de Melanie Milburne - N°4479

Directrice d'une agence matrimoniale, Emmaline est soucieuse de satisfaire aux desiderata de ses clients. Mais le dernier en date, le milliardaire Matteo Vitale, a une requête des plus inhabituelles : il ne recherche pas l'âme sœur mais plutôt une femme qui lui donnera un héritier. Intriguée, et pour mieux le comprendre, Emmie accepte de séjourner dans la villa italienne de Matteo. Or, à son contact, elle en vient à se demander si elle ne pourrait pas être, pour Matteo, l'épouse idéale…

Le play-boy de Monrosa,
de Katrina Cudmore - N°4480

Invitée à séjourner dans la résidence londonienne des Monrosa en leur absence, Alice ne s'attend pas à voir débarquer le prince Luis en personne ! Alors qu'elle aspirait à la solitude le temps de terminer sa thèse, la voilà contrainte de vivre sous le même toit que ce play-boy trop sûr de lui. Peu à peu, pourtant, Luis révèle une autre facette de sa personnalité, bien plus séduisante et à laquelle Alice ne saurait résister bien longtemps…

Belle comme un joyau, d'Abby Green - N°4481

Héritier d'un empire joaillier, Daniel Devilliers côtoie stars de cinéma, têtes couronnées et chefs d'État. Tous lui mangent dans la main, excepté une femme. Mia Forde, la sublime mannequin avec laquelle il a entretenu une liaison passionnée, a disparu de sa vie du jour au lendemain. Aussi est-il stupéfait de la retrouver à l'occasion de l'inauguration de sa luxueuse boutique de la place Vendôme. Parée de bijoux, plus belle que jamais, celle qui hante ses nuits depuis deux ans lui révèle qu'ils ont eu ensemble une petite fille…

La nuit de noces d'une princesse, de Jackie Ashenden - N°4482

« L'épouse oubliée » : tel est le surnom que la presse lui a donné. Et pour cause : bien qu'Inara soit mariée au prince Cassius depuis cinq ans, celui-ci vit loin d'elle et ne lui rend visite qu'en de rares occasions. Jamais ils n'ont consommé leur union de papier, au grand désarroi d'Inara qui se languit de Cassius en secret. Or voilà qu'aujourd'hui il se présente à elle pour lui demander le divorce ! Bouleversée, Inara décide alors de prouver à Cassius qu'elle est la femme de sa vie – et sa reine…

Passion en Croatie, de Jessica Gilmore - N°4483

Depuis toujours, Lily suit un plan bien établi. De brillantes études l'ont conduite à devenir une avocate talentueuse ; elle collectionne les succès. Seulement, le jour où elle est confrontée à un drame, elle réalise qu'elle a oublié de vivre ! Et c'est sur une splendide île de Croatie qu'elle décide de s'accorder un répit… Dès son arrivée, elle est conquise par le décor à couper le souffle : le bleu de la mer, l'écume des vagues, la chaleur du sable sous ses pieds sont comme un baume sur son cœur meurtri. Quant à Damir, le mystérieux Croate qu'elle vient de rencontrer, il lui donne l'envie d'aimer. Mais peut-elle se l'autoriser alors qu'elle sera repartie à la fin de l'été ?

La garde et le duc, de Marcella Bell - N°4484

SÉRIE : *GARDE ROYALE* - 3/3

Membre de la garde royale de Cyrano, Jenna ne vit que pour protéger sa reine et servir son pays. Or, pour la première fois de son existence, elle est détournée de son devoir par un homme. Sebastian, duc de Redcliff, l'attire tant et si bien qu'elle succombe à la passion entre ses bras. Mais très vite Jenna comprend qu'elle a commis une erreur en cédant à la tentation. Non seulement elle est persuadée que Sebastian n'est pas celui qu'il prétend être, mais surtout elle attend désormais un enfant de lui…

Conquise par l'ennemi, de Heidi Rice - N°4485

SÉRIE : *NUITS D'ÉTÉ* - 1/2

Jamais Cassie n'aurait dû accepter la mission que lui a confiée son patron : assister à un mariage fastueux pour approcher Luke Broussard et percer ses secrets. Elle n'a rien d'une espionne industrielle et craint en effet d'être démasquée. Dès leur rencontre, le magnat de la technologie se révèle aussi mystérieux qu'arrogant. Surtout, il est irrésistible et fait perdre tous ses moyens à Cassie. Au point qu'elle accepte de l'accompagner sur son île privée et bientôt, de devenir sa maîtresse...

L'épouse de papier, de Kim Lawrence - N°4486

Maya est stupéfaite. Sa demi-sœur, qu'elle n'a encore jamais rencontrée, vient de lui abandonner son bébé, l'adorable Mattio. Pour comble, un certain Samuele se présente bientôt comme l'oncle de l'enfant – et exige de le reprendre sous peine de poursuites. Très attachée au petit, Maya se tient prête à affronter Samuele quand celui-ci lui suggère de résoudre leur différend... en l'épousant !

Troublante surprise, d'Annie West - N°4487

Elle est... enceinte ? Partagée entre incrédulité et angoisse, Imogen ne sait comment réagir lorsqu'elle apprend cette surprenante nouvelle. La nuit de passion qu'elle a vécue quelques semaines plus tôt entre les bras de l'irrésistible Thierry Girard était censée rester sans suite ! Pourtant, cet enfant qui grandit en elle, elle l'aime déjà de tout son cœur. Hors de question de le priver de la vie heureuse qu'il mérite ! Résolue à aller trouver Thierry pour lui annoncer sa future paternité, elle ne peut s'empêcher de redouter la réaction de cet incorrigible séducteur, qui a toujours affirmé que jamais il ne s'engagerait avec une femme...

VOTRE COLLECTION PRÉFÉRÉE DIRECTEMENT CHEZ VOUS

Vous souhaitez découvrir nos collections ? Une fois votre colis de bienvenue reçu, si vous souhaitez continuer à recevoir nos livres, cela se fera automatiquement. Vous n'avez aucune obligation d'achat et cette offre est sans engagement de durée !

Dans votre 1er colis, 2 livres au prix d'un + 1 cadeau

☛ COCHEZ la collection choisie et renvoyez cette page au Service Lectrices Harlequin – CS 20008 – 59718 Lille Cedex 9 – France

Collections	Prix 1er colis	Réf.	Prix abonnement (frais de port compris)
❑ **AZUR**	4,50€	AZ1406	6 livres par mois 30,59€
❑ **BLANCHE**	7,30€	BL1603	3 livres par mois 24,85€
❑ **HISTORIQUES**	7,20€	LH1202	2 livres par mois 17,29€
❑ **PASSIONS**	7,70€	PS0903	3 livres par mois 26,49€
❑ **BLACK ROSE**	7,70€	BR0013	3 livres par mois 26,79€
❑ **HARMONY***	5,99€	HA0513	3 livres par mois 20,76€
❑ **NORA ROBERTS***	8,90€	NR2403	3 livres tous les 2 mois, prix variable**
❑ **SAGAS***	7,99€	SG2303	3 livres tous les 2 mois 29,46€
❑ **VICTORIA**	7,90€	VI2115	5 livres tous les 2 mois 41,59€
❑ **GENTLEMEN***	7,50€	GT2022	2 livres tous les 2 mois 17,95€
❑ **HORS-SÉRIE***	7,70€	HS2812	2 livres tous les 2 mois 18,45€

*livres réédités / **entre 28,79€ et 31,39€ suivant le prix des livres

F22PDFM

N° d'abonnée Harlequin (si vous en avez un) ____________

Mme ❑ Mlle ❑ Nom : ____________

Prénom : ____________ Adresse : ____________

____

Code Postal : ______ Ville : ____________

Pays : ____________ Tél. : ____________

E-mail : ____________

Date de naissance : ____________

Date limite : 31 décembre 2022. Vous recevrez votre colis environ 20 jours après réception de ce bon. Offre soumise à acceptation et réservée aux personnes majeures, résidant en France métropolitaine, dans la limite des stocks disponibles. Prix susceptibles de modification en cours d'année. Vous pouvez demander à accéder à vos données personnelles, à les rectifier ou à les effacer. Il vous suffit de nous écrire en nous indiquant vos nom, prénom et adresse à : Service Lectrices Harlequin CS 20008 59718 LILLE Cedex 9. Service Lectrices disponible du lundi au vendredi de 9h à 17h : 01 45 82 47 47.

Harlequin® est une marque déposée du groupe HarperCollins France – 83/85, Bd Vincent Auriol – 75646 Paris cedex 13. SA au capital de 1 149 680€ – R.C. Paris. Siret 31867159100069/APE5811Z.